Joas Föll

Die Chronik der Hiob-Schule

Joas Föll

Die
Chronik
der
Hiob-Schule

Lesen dieses Buches auf eigene
Gefahr !!!

(Schüler haften für ihre Lehrer!)

Impressum:

Bibliografische Information der Deutschen Nationalbiblio-
thek: Die Deutsche Nationalbibliothek verzeichnet diese
Publikation in der Deutschen Nationalbibliografie; detaillier-
te bibliografische Daten sind im Internet über dnb.dnb.de
abrufbar.

© 2021, Joas Föll

Umschlaggestaltung und Titelbild: Joas Föll

Lektorat & Korrektorat: Christa M. Lang, Christiane Ahnert

Coverfotos: Freepik.com, Pixabay.com

Verlag & Druck: tredition GmbH, Halenreie 40-44,
22359 Hamburg

ISBN Paperback: 978-3-347-31593-8
ISBN E-Book: 978-3-347-31594-5

Gewidmet meinen Mitschülern
& unseren chaotisch-nervig-verrückten
und wirklich wunderbaren Lehrern.

Ohne euch würde es dieses Buch nicht
geben!

Über den Autor:

Joas R. Föll wurde im Jahr 2005 als ältester Sohn seiner Familie geboren. Er schreibt Geschichten, seit er schreiben kann und mittlerweile ist er begeisterter Verfasser von humoristischen Romanen und komischer Lyrik.

Mehr Infos, aktuelle Projekte & mehr unter:
www.joas-foell.de

Kapitel:

VORWORT
& EINLEITUNG

Dieses Buch ist ein Buch über eine ganz normale Schule. Gut, ganz normal ist sie auch wieder nicht. Sie ist eine außergewöhnliche kleine, chaotische Privatschule. Und sie ist frei erfunden.

Schon am Namen müsste man das erkennen, da sich keine andere Schule je so genannt hat und sich wahrscheinlich auch nie eine so nennen wird.

Auch die Figuren dieses Buches sind erfunden, ebenso die beschriebenen Ereignisse.

Alle diese Aussagen stimmen, stimmen allerdings auch wieder nicht.

– Warum?

Weil es sehr wohl eine Schule gibt, die mitunter als Vorlage für die Hiob-Schule gedient hat, an dieser Schule gibt es Menschen, die Inspiration für die Figuren waren und an dieser Schule (und an vielen anderen Stellen) sind Dinge passiert, die sich, mehr oder weniger wahrheitsgetreu, in diesem Buch wiederfinden. Somit ist dieses Buch in gewisser Weise „schulographisch", andererseits auch wieder nicht.

Hiermit möchte ich festhalten, dass die in diesem Buch beschriebenen Ereignisse, auch wenn sie realistisch erscheinen, *nie* genauso stattgefunden haben. Somit sind sie auch nicht als wahr zu nehmen und sind erst recht nicht justiziabel.

Wenn Sie sich nun in einem oder mehreren Charakteren oder Begebenheiten wiedererkennen, dann freuen Sie sich, dass Sie dabei sind.

Wenn Sie sich nirgends wiederfinden können, seien Sie froh, dass Sie nicht dabei sind…

Und letzten Endes hoffe ich für jene Leute, die an der echten Version der Hiob-Schule arbeiten oder lernen, dass sie in diesem Buch ihre Lieblingsgeschichten wiederfinden.

Nun haben Sie sich wahrscheinlich schon die Frage gestellt, wie um alles in der Welt man eine Schule „Hiob-Schule" nennen kann.

Die Antwort darauf: Es war einer der wenigen Namen, die nicht schon vergeben waren.

Hiob war nicht gerade die glücklichste Figur der Bibel – daher kommt auch sein schlechtes Image. Nicht umsonst nennt man eine schlimme Botschaft Hiobsbotschaft.

Man hätte diese Schule natürlich auch nach einem biblischen Helden mit positivem Image benennen können. Josia-Schule, Daniel-Schule, Mose-Schule,

Jona-Schule, Abraham-Schule oder Elia-Schule – es hätte haufenweise Möglichkeiten gegeben – aber leider sind die alle schon von echten Schulen in Anspruch genommen worden.

Andererseits ist der Name doch nicht ganz so weit hergeholt, schließlich hatte Hiob viele Anfechtungen und Prüfungen überstehen müssen. Und das müssen Schüler (und sogar Lehrer) zwangsläufig auch, also passt der Schulname doch irgendwie.

Sie werden es schon noch sehen…

———————

Widmen wir uns nun aber ganz der frei erfundenen Hiob-Schule.

Diese Schule liegt am Stadtrand des ebenso fiktiven Hergendorf, einer Kleinstadt irgendwo in Mitteldeutschland.

Das Schulhaus ist ein kleines, irgendwie idyllisches, etwas baufälliges Gebäude direkt an einem kleinen Bach, im Schatten großer Bäume. Es hat einen kleinen, unspektakulären Pausenhof und viel zu wenig Parkplätze. Die Hiob-Schule ist zudem eine christliche Privatschule, die auf Dinge wie gesunde Ernährung und ein ordentliches Erscheinungsbild der Schüler viel Wert legt. Die gesunde

Ernährung des Lehrpersonals oder das gepflegte Aussehen des kleinen Schulgartens haben hier allerdings irgendwie noch etwas Nachholbedarf.

Die Schule ist klein. Sehr klein sogar.

In Grund- und Realschule hat sie zusammen nur etwa fünfzig Schüler. Daher werden auch immer zwei Klassen zusammen unterrichtet (also, die erste und die zweite, die dritte und die vierte, die fünfte und die sechste Klasse und so weiter). Lehrer und Schüler kennen sich dank der kleinen Schülerzahl auch sehr gut und die Lehrer können sehr persönlich auf die Schüler eingehen.

Klingt doch super, oder? Ja, ist es schon auch ein Stück weit, allerdings wenn die Schüler die Lehrer näher kennen, lernen sie auch deren düstere Abgründe kennen. Und auch kleine Klassen können für ziemlich viel Chaos sorgen. Selbst Lehrer können ab und zu voll verpeilt sein, und ja, im Grunde sind Lehrer doch nur Schüler, denn auch sie haben noch einiges zu lernen.

Ich hoffe Lehrer wie Schüler haben schon gelernt, über sich selbst zu lachen.
(Meine Lehrer können das mit Sicherheit – zumindest, wenn sie in der richtigen Stimmung sind.)

Das vor Ihnen liegende Buch kann man für Lehrer und Schüler als eine Art Klausur zu diesem Thema beschreiben.

In diesem Sinne: *Viel Erfolg!*

Und allen Nicht-Lehrern und Nicht-Schülern:
Viel Spaß beim Lesen!

Der Autor

Kapitel I:
Willkommen an der
Hiob-Schule

Die Schule und ihre Miseren
beginnen nach den Sommerferien,
jetzt heißt es wieder: sitzen bleiben,
Geschichten und Gedichte schreiben
und Lehrer in den Wahnsinn treiben!

Dienstag, 11. September

Vor das Schuljahr haben die Lehrer den Wandertag gesetzt.

E s ist jedes Schuljahr dasselbe!

Der erste Schultag beginnt erst gegen vier Uhr nachmittags. Da ist nämlich die alljährliche Schulanfangsfeier in der kleinen Mehrzweckhalle hinter der Schule. Jedes Jahr laufen also Schüler, Lehrer, Eltern, Interessierte und Unterstützer zu dieser Halle. Gestern war wieder so eine Schulfeier. Wir waren alle eine Viertelstunde vor Beginn da und warteten darauf, dass irgendwas passiert. Es passierte aber nichts.

Außer, dass ein paar fleißige Mütter den kargen Raum mit einigen Scherenschnitten, Tüchern und einlaminierten Buchstaben dekorierten und dabei mindestens an einer Stelle versehentlich einige Putzbrocken von der Wand rissen, sowie dass sich einige fleißige Väter mit besorgtem Blick über die Technikanlage beugten.
Ungefähr zehn Minuten vor dem regulären Beginn saßen alle Lehrer, Schüler, Angehörige und Gäste auf ihren Plätzen. Nur Herr Bruchsaal und einige Väter standen immer noch sorgenvoll um das Mischpult herum. Als die Feier endlich begonnen hatte, waren Schüler, Eltern und Lehrer

14

selbstverständlich schon recht fertig mit den Nerven, dazu kam, dass die Tontechnik leider nur dürftig funktionierte und wir neben der Stimme von Frau Meyer, unsrer Schulleiterin, auch ständig ein Rauschen, regelmäßig unterbrochen von lauten Kratz- und Quietschtönen, hörten.

Gegen Ende der Veranstaltung kam auch noch Herr Bruchsaal, unser Sportlehrer auf die Bühne.

„Wie ihr ja sicherlich alle schon vermutet habt, haben wir morgen einen gemeinsamen Wandertag," verkündete er begeistert.

Für ihn als Sportlehrer ist der Wandertag das Highlight des Schuljahres (wenn man mal von den Bundesjugendspielen absieht).

„Wir werden uns also morgen pünktlich um acht Uhr am Wanderparkplatz ‚Steinbacher Schlucht' bei Westvorallbergen treffen, zieht euch bitte festes Schuhwerk an – wir gehen einen unbefestigten Weg."

– Damit war er schon mit seiner Ansage fertig und Frau Meyer übernahm wieder das Mikrophon.

Am nächsten Morgen wurde ich von einem krachenden Donnerschlag gegen halb sechs geweckt. Auf das Dachfenster meines Schlafzimmers prasselte der Regen in Strömen. „Kein guter Tag zum Wandern", dachte ich mir und drehte mich auf die

andere Seite, um noch ein paar Minuten weiterzuschlafen. Doch im nächsten Moment durchzuckte
es mich wie ein Blitz: Was hatte Herr Bruchsaal
gestern angekündigt?
– Wandertag! Genau.

Gegen acht Uhr war die ganze Schülerschaft,
gehüllt in Regenmäntel und Anoraks, auf dem Wanderparkplatz, von dem wir starten wollten, versammelt.
Herr Bruchsaal schien einen Regenschutz nicht für
notwendig zu halten, denn er war bloß mit einem
Jogginganzug bekleidet.
Frau Fiore, unsere Kunstlehrerin, stand fröstelnd
neben ihm und redete hektisch auf ihn ein.
„Wir sollten es abblasen – die Kinder holen sich
sonst noch eine Erkältung", hörte ich sie leise, aber
energisch zu ihm sagen.
Herr Bruchsaal winkte ab: „Das ist halb so wild,
eine kleine Erkältung stärkt das Immunsystem und
Bewegung an der frischen Luft hat noch keinem
geschadet!"
Auch Frau Meyer gesellte sich zu dem Grüppchen.

„Ich bin eigentlich auch der Meinung, wir sollten die ganze Sache abblasen", meinte sie, „Frau Valea könnte in der Schule ein paar Kennenlernspiele organisieren und wir wären im Warmen und Trockenen!"

Doch Herr Bruchsaal wollte von der Idee ganz und gar nichts wissen.

„Wir haben für heute einen Wandertag geplant, also wandern wir heute auch!", sagte er energisch. „Wir sind ja schließlich nicht aus Zucker!"

Keine der Lehrerinnen wagte ihm in diesem Punkt zu widersprechen und so kam es, dass kurze Zeit später ein Zug aus über fünfzig Lehrern und Schülern von dem Parkplatz aus loszog.

Die Waldwege waren rutschig und schlammig. Alle paar Minuten rutschte irgendjemand auf glitschigen Wurzeln oder Steinen aus. Es war nämlich kein befestigter Wanderweg, den Herr Bruchsaal ausgesucht hatte. Nein – es war ein Trampelpfad mit steilen Hängen zur linken und steilen Abhängen zur rechten Seite. Herr Bruchsaal ging vorneweg, alle anderen Lehrer gingen hinten und sahen zu, dass kein Schüler versuchte, (absichtlich) den Abhang auf der einen Seite hochzuklettern oder (unfreiwillig) den Abhang auf der anderen Seite runterzurutschen. Beides kam mehrfach vor, so dass Herr Kaiser immer wieder auf dem Hosenboden hinunterrutschte (dies war die einzige Art, auf der man einigermaßen sicher den Hang runterkam) und kleine Grundschüler, die abgerutscht waren, hochholen musste.

– „Hätte nicht irgendwer wissen können, dass es heute regnet?", motzte Priscilla aus der sechsten Klasse so laut, dass es alle hören konnten. „Meine Haare dürfen nicht nass werden – das ruiniert mir meine ganze Frisur!"

„Hast du irgendwas zu trinken?", fragte ein kleiner, rotznäsiger Grundschüler Sascha, den Klassenclown meiner Klasse, der direkt vor mir lief.

„Nein!", antwortete dieser, „aber frag doch mal Leander – der hat sicher was für dich."

– „Wer ist denn Leander?"

„Das ist der große, etwas dicke Junge da vorne, der gerade seinen Bruder Kevin den Abhang runtergeschubst hat!", antwortete Sascha und zeigte in die Richtung.

Der Kleine bedankte sich hastig und drängelte sich vor zu Leander. Sascha grinste diebisch und rieb sich die Hände – es handelte sich schließlich bei Leander um einen seiner größten Rivalen (Sara Valea einmal ausgeschlossen).

„Hast du ´nen Regenschirm oder so was?", Priscilla hatte ihre kapuzenlose Jacke ausgezogen und hielt sie sich über den Kopf, um sich vor dem zwischen den Baumkronen heruntertropfenden Regen zu schützen.

„Nein, ich hab keinen", meinte ich knapp.

Sascha vor mir hatte ihre Frage scheinbar auch gehört, denn er drehte sich zu uns um.

„Ich hab auch keinen, Priscilla. Aber frag mal Leander, ich glaub, der hat einen!", meinte er und grinste frech.

Priscilla nahm seinen Ratschlag todernst und ging auf die Suche nach Leander.

Herr Kaiser kam mit dem kleinen Erstklässler von vorhin wieder den Hang hoch gekraxelt.

Dieser heulte wie am Spieß und war gerade dabei, Herrn Kaiser zu berichten: „Dieser Große da vorne, Veranda oder so ähnlich heißt er, der, der gerade das Mädchen, das so Angst um seine Frisur hat, den Abhang runterschubst, der hat mich da runtergeschmissen – nur weil ich ihn gefragt habe, ob er für mich was zu trinken hat!!!"

Herr Kaiser folgte mit seinem Blick dem Finger des Jungen: „Leander meinst du? Okay, ich knöpf ihn mir gleich nachher mal vor!"

Damit schien der Kleine recht zufrieden zu sein.

Langsam wurde der Weg wieder etwas breiter und der Abhang zur Rechten wurde immer niedriger. Bald war er kaum noch vorhanden. Dafür liefen wir nun neben einem kleinen Bach. Gut, klein sollte er mal gewesen sein – nun war er allerdings durch den stundenlangen Starkregen ganz schön angeschwollen und brauste neben uns nur so dahin. Frau Fiore und Frau Meyer hatten sich einen Weg zu Herrn Bruchsaal gebahnt und redeten wieder erregt auf ihn ein. Vermutlich versuchten sie ihn immer noch zur Umkehr zu bewegen. Gerade Frau Meyer schien schon recht aufgebracht zu sein.

– Wortfetzen wie: „…den Kindern ist das in dieser Kälte und bei diesem Wetter einfach nicht zuzumuten!… " oder: „…uns ist allen kalt! Die Kinder holen sich alle 'ne Lungenentzündung!" wehten zu uns herüber.

Herr Bruchsaal blieb gelassen und erwiderte bloß: „Ach wo, die sind doch alle nicht aus Zucker, die Wanderung ist gut für die Abwehrkräfte!"

Sascha lief mittlerweile neben mir und wir dachten uns verschiedene schulinterne Verschwörungstheorien aus (ein sehr amüsantes Spiel, insbesondere wenn man es mit einem Quatschkopf wie Sascha spielt).

Sowohl der Regen als auch der Wind nahmen noch zu, doch die Schlange von Schülern – angeführt von Herrn Bruchsaal – wand sich immer weiter durch den Wald. Ich hatte in den Ferien einen Roman über den Kinderkreuzzug von 1212 gelesen und fühlte mich daher stark an die Überquerung der

Alpen erinnert. Ein Haufen Kinder und Jugendliche, die, den Naturgewalten trotzend, immer weiter ihrem Ziel entgegenstreben. Das Ziel der Kreuzfahrer war, Jerusalem von den Sarazenen zu befreien, aber was war unser Ziel? Keiner schien das so genau zu wissen – trotzdem folgten wir alle brav Herrn Bruchsaal.

„Mensch, und auf mich scheint hier keiner Rücksicht zu nehmen!!!!", heulte Priscilla von irgendwo ganz hinten, wieder so laut, dass es alle hören konnten. Herr Kaiser führte ein paar Reihen weiter ein ernstes Gespräch mit Leander, welcher recht übel gelaunt aussah und mit dem Gedanken zu spielen schien, Herrn Kaiser in den Bach zu schubsen. Sascha war gerade dabei, eine besonders verrückte Verschwörungstheorie zu erfinden, da stockte er plötzlich.

„Siehst du den Kleinen, der was zu trinken von mir wollte?", fragte er mich und deutete unauffällig in Richtung Bach. Ich drehte mich in die Richtung und sah, dass der Kleine gerade dabei war, seine Trinkflasche im Bach aufzufüllen.

Also wirklich – Leute gibt´s…

Nach etwa einer Stunde Wanderung kamen wir an einem kleinen Rastplatz mitten im Wald an. Der Regen hatte etwas nachgelassen, dafür hatte der

Wind mächtig zugenommen und pfiff zwischen den Bäumen hindurch. Der Bach war an der Stelle neben dem Rastplatz besonders breit und besonders tief. Das Ufer war von großen Steinbrocken umgeben. Auf eben so einen Steinbrocken stellte sich nun Herr Bruchsaal und pfiff ein paar mal laut auf seinen Fingern. Sofort waren die meisten Schüler ruhig, bis auf Leander und James, welche sich lauthals zankten. Als sie allerdings merkten, dass sie die einzigen waren, die noch lärmten und dass somit die ganze Schülerschar ihrem Streitgespräch zuhören konnte, verstummten auch sie.

Herr Bruchsaal hielt eine kurze Ansprache darüber, wie gut die frische Luft unserer Gesundheit täte und dass wir uns von dem bisschen Regen sicher nicht den Spaß verderben lassen wollten, weil wir ja schließlich alle nicht aus Zucker wären. Während er noch redete, fiel mir plötzlich auf, dass Frau Meyer nicht mehr bei den anderen Lehrern stand. Vielmehr stand sie nun auf einem Felsblock unweit von Herrn Bruchsaal und sie näherte sich ihm – leise und unauffällig. Ich stieß Sascha, der neben mir stand, in die Seite und deutete mit dem Kinn unauffällig in die Richtung von Frau Meyer. Als dieser es bemerkte, grinste er schon wieder diebisch und rieb sich in freudiger Erwartung die Hände. Frau Meyer kam für gewöhnlich gut mit Kollegen und Schülern aus – nur manchmal, in Extremsituationen wie dieser kam sie auf ganz verrückte Ideen und war bereit, diese auch umzusetzen…

Herr Bruchsaal war noch so in seine Ansprache vertieft, dass ihm seine Chefin gar nicht auffiel, die nun auf dem Felsbrocken neben ihm stand.

Auf einmal hob sie an und rief so laut sie konnte direkt in sein Ohr: „GERALD!!!"

– Das reichte.

Herr Bruchsaal erschreckte sich, strauchelte, rutschte aus und stürzte mit einem lauten Platscher rückwärts ins Wasser. Frau Meyer lachte diebisch, ebenso wie alle Schüler. Eine Woge von Beifall brandete auf und Frau Meyer verbeugte sich theatralisch, als wäre ihr gerade eine Goldmedaille bei den Olympischen Spielen zuteil geworden. Herr Bruchsaal kam planschend und prustend wieder an die Wasseroberfläche.

Frau Meyer drehte sich bewusst langsam zu ihrem Kollegen um und sagte in überlegenem Tonfall: „Na, ein kleines Tauchbad, sehr gesund - wir sind ja schließlich alle nicht aus Zucker, oder?"

Ich brauche nicht extra zu erwähnen, dass Herr Bruchsaal es nun plötzlich *sehr* eilig hatte, nach Hause zu kommen, obwohl Frau Mayer ihm in einem Anfall von Solidarität (oder schlechtem Gewissen) ihre Jacke zur Verfügung gestellt hatte…

Zum besseren Verständnis
Eine kleine Kennenlernrunde

Bei den bisher genannten Namen werden die, die weder mich, noch die Hiob-Schule und deren Schüler und Lehrer persönlich kennen, auf die Dauer nicht mehr ganz der Erzählung folgen können.

Wir Schüler haben am Anfang jedes Schuljahrs fröhlich-alberne Kennenlernspiele und ähnliches, aber Sie als Leser haben diesen Luxus ja nicht. Daher folgt an dieser Stelle ein kleiner Überblick über Lehrer und Schüler und eine kurze Auskunft darüber, wie sie ticken.

Ich erinnere mich, im vergangenen Schuljahr als Deutschhausaufgabe ein Gedicht zum Thema „Unser Lehrerkollegium" geschrieben zu haben, in dem ich versuchte, das gewöhnliche Verhalten unserer Lehrer grob zu umreißen:

EIN BLICK INS LEHRERZIMMER

An unserer Schule gibt es Lehrer,
die machen unser Leben schwerer.
Sie predigen uns die Moral
und schwärmen davon, wie genial
doch binomische Formeln sind,
an denen ich nichts Geniales find.

Und blickt man mal ins Lehrerzimmer,
sieht man unsre Lehrer immer
ein paar, die miteinander schwatzen
ein paar, die Schokolade schmatzen,
einer tut am Laptop klicken
und ne andere versucht Socken zu stricken.

Stunden nach Unterrichtsbeginn
kommt endlich unsre Lehrerin
und erklärt uns leicht verlegen
sie half Herrn Bruchsaal kurz beim Sägen...
danach ist der Kopierer verreckt,
irgendwer hat ihre Tasche versteckt,
die Klassenarbeit hat sie zu Hause vergessen,
die Hausaufgaben hat ihr Hund gefressen...

Merke:
Fünf Minuten vor der Zeit
ist (meist) des Schülers Pünktlichkeit.
Zwölf Minuten nach der Zeit
ist der Lehrer auch so weit.

Ich hoffe, Sie können sich nun das Kollegium und seine Eigenheiten ungefähr vorstellen. Hier finden Sie einen kleinen namentlichen Überblick:

Thea Meyer ist die jüngste Lehrerin im Bunde, dennoch die „Chefin" der Hiob-Schule.

Gerald Bruchsaal ist unser risikofreudiger und manchmal etwas übermütiger Sportlehrer, außerdem unterrichtet er uns in Geschichte und Chemie.

Cedric Kaiser unterrichtet bei uns Englisch, Mathe, WBS und Physik. Er genießt bei den meisten Schülern eine hohe Anerkennung, da er ein lässiger, trotzdem nicht fahrlässiger und meist sehr gerechter Lehrer ist.

Dennis Wolf ist unser diesjähriger Klassenlehrer. Er wird uns in Biologie, Geographie und Religion unterrichten.

Karsten Stavning, unser Deutsch- und GMK-Lehrer ist ein etwas älterer, recht gutmütiger Mann, der erst seit letztem Jahr das Lehrerkollegium bereichert.

Ella Fiore ist unsre Kunst- und Musiklehrerin. Von allen Lehrern ist sie die coolste, da sie meist, selbst wenn die Klasse sich unmöglich benimmt, einen lässigen Satz parat hat. Aber auch diese Coolness hat Grenzen, wie Sie später selbst lesen werden.

Matilde Valea letztendlich unterrichtet nur in der Grundschule.

Wenn die Lehrer sich gerade unbeobachtet fühlen, kommt es mitunter vor, dass sie sich benehmen als wären sie ein Haufen befreundeter Teenager, die nichts besseres zu tun haben, als miteinander rumzublödeln. Eine recht nette Marotte, manchmal allerdings auch alles andere als lustig. (Vor allem, wenn man irgendwo Skifahren ist und auf die Frage: „Wo sind eure Lehrer?" erwidern muss: „Die sind da hinten. Das Grüppchen Erwachsene, das sich mit Schneebällen bewirft. Der, der gerade die Scheibe eingeschmissen hat, ist unser Sportlehrer...").

Unser Kollegium ist hochmotiviert in dieses Schuljahr gestartet. Warten wir mal ab, bis sie einige Problemschüler wieder in Angst und Schrecken versetzen (Fairerweise ist hier einzuwerfen, dass es auch einige Problemlehrer gibt, welche die Schüler in Angst und Schrecken versetzen – zumindest gelegentlich).

An dieser Stelle sind Sie an dem Punkt, an dem Sie die „Gegenspieler" in diesem Buch – uns Schüler – kennenlernen. Ich fange mit meiner Klasse – *Klasse 7/8* – an:

Die achte Klasse besteht aus **Ben**, einem Teenager, der das meiste, das ihm nicht gefällt, geradeheraus anprangert und dem Sohn des Sportlehrers, **Felix,** welcher dieselbe Risikofreude und einen ähnlichen Humor wie sein Vater an den Tag legt.

In der siebten Klasse sind wir folgende Schüler: **Leander,** ein moppeliger, großer Junge, der sicherlich sehr talentiert ist, nur zeigt er es selten. **Sascha,** der auch etwas korpulent, aber nicht auf den Mund gefallen ist. (Leander sagt, er ist eher auf den Kopf gefallen, was Sascha allerdings nicht erfahren sollte…). Wenn Sascha mal loslegt, ist er meist nicht mehr aufzuhalten. Gerade Frau Fiore ist mit ihm wegen seiner Frechheit schon des Öfteren aneinandergeraten. **Andreas** ist äußerst intelligent und wohl der einzige in der Klasse, der die meiste Zeit bei klarem Verstand ist.

Zudem bin noch ich, **der Chronist**, ein Teil dieser Klasse. Ich spiele mit dem Gedanken, irgendwann einmal Journalist zu werden. Der Grund dafür: ich bin immer am Schreiben. Auch in der Schule führe ich ständig ein kleines Notizheft mit mir.

Auf den nun folgenden Seiten möchte ich Ihnen einen Einblick in das „traute Schulglück" der Hiob-Schule geben.

Natürlich gibt es auch noch einige Schüler in anderen Klassen, die Ihnen in diesem Buch über den Weg laufen werden.

Allen voran drei Jungs aus der sechsten Klasse. *James, Vincent* & *Kevin* – die drei haben schon so einiges auf dem Kerbholz.

Des Weiteren sind da noch *Mary-Lou*, *Jaqueline* und *Priscilla* – die Mädels aus der fünften Klasse. Die drei fühlen sich viel zu cool für die Welt und erst recht für diese Schule. Das lassen sie natürlich auch alle um sie herum spüren.

Zum Schluss wäre dann noch *Nola.* Sie ist ein brauner Labrador und kommt meist mit ihrem Herrchen Herrn Stavning in die Schule. (Sie einfach zu Hause zu lassen ist so gut wie unmöglich, da dies der Wohnung der Stavnings nicht sonderlich guttun würde. Deshalb ist Nola schon so etwas wie unser inoffizieller Schulhund geworden).

Jetzt aber schleunigst zurück zur Handlung. Wo war ich stehen geblieben? Genau, ganz am Anfang des Schuljahrs, nach dem Wandertag.

Auf den Wandertag folgt normalerweise:

Die erste Schulwoche

Aller Anfang endet im Chaos

A m Tag nach der Wanderung trafen wir uns zum ersten Mal in diesem Schuljahr im Schulhaus.

Bei über fünfzig Schülern wird das obere Stockwerk des kleinen, ehemaligen Bauernhauses auf die Dauer recht eng, aber den Lehrern macht das nichts aus, sie haben ja schließlich ihr geräumiges Lehrerzimmer am Ende des Flures.

Ihm gegenüber sind in zwei exakt gleichgroßen Klassenzimmern die Grundschüler – Klasse eins bis vier – untergebracht.

Neben dem Lehrerzimmer liegt das größte Klassenzimmer, das der Klasse fünf und sechs, daneben wiederum sind wir, die Klassenstufen sieben und acht in einem mittelgroßen Klassenzimmer.

Vor unserem Klassenzimmer auf dem breiten Hausflur stehen einige Computer für den Informatikunterricht und eine kleine, zweckmäßige Tafel. Falls eine Klasse mal alleine irgendwo unterrichtet werden soll, wird diese Stelle auf dem Flur als Ersatzklassenzimmer genutzt, was allerdings nicht allzu praktisch ist, wie Sie später noch erfahren werden.

Direkt dahinter befindet sich die Treppe ins Erdgeschoss. Neben den Räumen der Grundschule ist außerdem noch das Klassenzimmer der höchsten Jahrgangsstufen: neun und zehn, sowie eine kleine Küche und die Schultoiletten.

Irgendwann vor fünf oder sechs Jahren hatten die Schüler aus den oberen Klassen in Religion den Arbeitsauftrag bekommen, alle Räume des Schulhauses, da wir ja eine christliche Schule sind, nach biblischen Orten zu benennen.

Diese Aufgabe wurde von den Schülern gewissenhafter erfüllt, als mancher Lehrer es gehofft hatte. Alle verteilten Namen hatten in gewissem Sinne etwas mit dem Raum zu tun. So hießen die meist recht schmutzigen Toilettenräume seitdem: „Sodom und Gomorra". Unser Klassenzimmer erhielt den klangvollen Namen „Harmagedon" (vermutlich, weil es da drinnen meist ausschaut wie auf dem Schlachtfeld.)

Dass die Küche zur „Stiftshütte" deklariert wurde, hatte zuerst keiner verstanden, bis man bemerkt hat, dass die zuständigen Schüler nicht nur die Namensschilder neben der Tür gebastelt hatten, sondern auch Geräte und Gegenstände von ihnen betitelt wurden. So wurde zum Beispiel der alte Toaster der Koch-AG zum „Brandopferaltar".

Selbst der Schulgarten hat von den Schülern einen Namen erhalten, allerdings nicht, wie von den Lehrern vorgeschlagen: „Garten Eden", sondern, wesentlich treffender: „Wüste Sinai".

Ach ja, der Name des Lehrerzimmers sollte auch noch erwähnt werden: „Die Löwengrube".

Der Bodenbelag im Schulhaus bestand aus einem uralten Teppichboden, welcher sicherlich schon bessere Tage gesehen hatte. Die Farbe dieses unappetitlichen Teppichs war nicht klar definierbar, sie schwankte irgendwo zwischen kotzgrün, sonnengelb und ockerbraun. Zudem war er mit siffigen Flecken in verschiedenen Farben und Größen übersät, von welchen keiner wissen wollte, woher sie stammen. Aber ich schweife vom Thema ab, also schnell zurück zum ersten „richtigen" Schultag.

Alle Klassen von eins bis zehn haben sich im größten Klassenzimmer der Schule, also in 5/6 eingefunden, um dort bei der täglichen Andacht dabei zu sein – Jeden Tag hält bei uns vor Unterrichtsbeginn ein anderer Lehrer eine (mehr oder weniger) kurze Andacht über ein freigewähltes Thema. Herr Wolf, unser Relilehrer, hält in aller Regel allerdings nur am ersten und letzten Schultag die Andacht.

Zuerst sangen wir heute einige Lieder, besser gesagt: zuerst sollten wir einige Lieder singen. Denn die einzigen, die mitsangen, waren die kleinen Grundschulmädchen, der Mädchenchor und ein oder zwei brave Einserschüler.

Der Rest der Schüler saß (mehr oder weniger) still in der Ecke und ließ es über sich ergehen.

Die Musik zum Gesang wurde von Herrn Bruchsaal gemacht, der auf einem E-Piano älteren Semesters mit recht lückenhafter Klaviatur herumdrückte. Zusätzlich spielte Herr Kaiser Gitarre, wobei er immer wieder durch Herrn Bruchsaals eigenartige Interpretation von Takt und Tempo aus dem Rhythmus gebracht wurde. Nach dem Gesinge folgte eine lange, lehrreiche Geschichte, erzählt von unserem Klassenlehrer, Herrn Wolf. Herr Bruchsaal erachtete es als sehr lustig, die Andacht seines Kollegen durch dumme Scherze zu sabotieren, was zur Folge hatte, dass dieser ihm mehrmals strenge Blicke zuwarf.

Als Herr Wolf fertig war mit seiner Andacht, verlas Frau Meyer die Schulordnung. Dabei sorgten einige Regeln für Missfallen, („Absatz 4: Das Essen an der Schule ist gesund und vegetarisch") das von einigen Schülern durch laute Buh-Rufe bekundet wurde, was wiederum strenge Blicke von Herrn Wolf zur Folge hatte.

Nach der Andacht verkündete Frau Valea, sie habe etwas ganz Tolles vorbereitet. (Wenn Lehrer etwas ganz toll finden, dann ist Vorsicht geboten!)

Wir Schüler sollten, so führte sie ihre Erklärung fort, nun gleich raus auf den Pausenhof neben der Mehrzweckhalle gehen, um dort vorgefertigte Tonplatten mit Lack zu bemalen. Alle Schüler einer Klasse sollten auf je eine der Tontafeln eines der zehn Gebote kreativ gestalten. Als sie das Ganze noch einmal für die erklärt hatte, die während der Andacht auf dem Klo gewesen waren und erst jetzt zurückgekommen waren, da sie dachten, es wäre schon vorbei, teilte sie die Gebote auf und schickte uns alle nach draußen.

Wir Siebt- und Achtklässler erhielten die Gebote: „Du sollst nicht die Ehe brechen" und „Du sollst nicht lügen". Unsere Tafeln waren allerdings schon nach wenigen Minuten komplett ruiniert, da Ben die glorreiche Idee hatte, auf einer der beiden Tafeln den Hintergrund in Magenta und die von Andreas vorgezeichneten Figuren in himmelblau anzumalen.

– „Was soll denn das???", fragte Frau Fiore entgeistert. Sie war genau in dem Moment vorbeigekommen, in dem Ben mit seiner Arbeit fertig geworden war.

Und während sie noch mit Ben darüber stritt, ob es blaue Menschen gebe oder nicht, stieß Sascha versehentlich seine Thermoskanne mit Eistee um und der Inhalt ergoss sich über die andere Tafel.

Als wir den Eistee notdürftig abgetrocknet hatten, zerstörte Felix die komplette Arbeit dadurch, dass er geistesabwesend, wohl in einem Anfall politischer Motivation, den großen Schriftzug: "SAVE THE TURTLES" auf die erste Tafel pinselte. Völlig deplatziert, selbstverständlich, und daher wohl auch der Grund, weshalb Frau Fiore, als sie kurz darauf unsere Tafeln sah, schier eine Herzattacke bekam.

Wir versuchten unter dem Aufgebot der kompletten Acrylfarbpalette und der fachkundigen Anleitung unserer Kunstlehrerin, die Tafeln noch irgendwie zu retten – und das Ergebnis wurde doch noch ganz zufriedenstellend.

Allerdings schien es bei den meisten anderen auch nicht ohne Zwischenfälle abgelaufen zu sein. Die Erst- und Zweitklässler zum Beispiel hatten sich selbst anstelle ihrer Tafeln angemalt.

Donnerstag, 27. September
Albaner im Kunstunterricht

Bildende Kunst ist zweifellos das Fach, in dem es am lustigsten zugeht. Für unsere Kunstlehrerin, Frau Fiore, manchmal etwas zu lustig. Sie schafft es ja durchaus, wie ich bereits erwähnt habe, den meisten Problemschülern mit Lässigkeit und Schlagfertigkeit zu begegnen.

Nur mit Sascha kommt sie hin und wieder an ihre Grenzen. Sascha ist, psychologisch ausgedrückt, ein waschechter Sanguiniker. Aus jeder Situation schafft er es, einen Gag zu machen und das bekommt ganz besonders häufig Frau Fiore zu spüren.

Das Fach „Bildende Kunst" bietet scheinbar eine gute Bühne für aufstrebende Comedians… Und Sascha lässt keine Gelegenheit aus, um sein Comedytalent auszuleben.

Es begann heute noch relativ harmlos.

Wir sollten Selbstporträts zeichnen – so wollte es zumindest Frau Fiore. Daher teilte sie uns allen kleine Taschenspiegel aus. Und so saßen wir kurze

Zeit später alle da, betrachteten uns im Spiegel, versuchten, das, was wir sahen, möglichst gut zu Papier zu bringen.

Alle, bis auf Sascha. Er hatte auf seinem „Lernplan" heute scheinbar etwas vollkommen anderes stehen. Mitten in Frau Fiores langer Ausführung darüber, wie man eine Nase plastisch zeichnet, begann er, ein albanisches Motorrad zu imitieren.

Wir kannten diese ebenso laute wie faszinierende Imitation nur zu gut und wussten daher auch, was es sein sollte. Frau Fiore wusste es nicht und schien auch ziemlich erschrocken zu sein, denn Sascha hatte urplötzlich mit diesem lauten, nicht gerade angenehmen Geräusch begonnen.

Sie ging nach hinten und trat Sascha direkt gegenüber.

„Sascha", sagte sie, (genauer: schrie sie, da sie ja das albanische Motorrad übertönen musste…) „vielen Dank für diese äußerst detailgenaue und lebensechte Imitation von was weiß ich. Es war sehr unterhaltsam. Wie um alles in der Welt kommst du darauf, das mitten in meinem Unterricht zu machen???"

Sascha hatte inzwischen mit seinen Imitationen aufgehört und blickte Frau Fiore verschmitzt an.

In einem frechen Tonfall erwiderte er ihr: „Ja, Frau Fiore, das Imitieren habe ich jahrelang geübt. Was Sie soeben hören durften, war ein albanisches Motorrad mit Startschwierigkeiten. Ich hätte auch noch einen türkischen Haushalt mit Bettwanzen oder ein slowenisches Kleinkind, das in einem Wassertretbecken Schwimmunterricht bekommt, im Repertoire."

Von diesen beiden Angeboten war Frau Fiore offensichtlich nicht sonderlich angetan. Ihr wäre es wohl lieber gewesen, wenn sie ihre Ausführungen über die plastische Darstellung der Nase hätte zu Ende führen können.

Sascha wollte allerdings lieber imitieren, als sich mit Stiften, Farben und Nasen abzugeben. Er stieß einen langen, hohen, fremdländisch klingenden Schreilaut aus. Ob es die türkische Hausfrau oder das slowenische Kleinkind sein sollte, war nicht eindeutig festzustellen. Es klang, naja, wie soll ich sagen – eindrucksvoll.

Frau Fiore war auch beeindruckt, zweifellos. Allerdings nicht im positiven Sinne.

Als Sascha zu seiner nächsten Imitation überging (ein arabischer Kamelhändler im Gespräch mit einem Weiterverkäufer aus Bagdad) unterbrach sie seinen Ausbruch parodistischen Talents.

Frau Fiore hat für Sascha einen eigens reservierten „Du-nervst-heute-wieder-granatenmäßig-Blick", der absolut unbeschreiblich ist. Sie schaut ihn immer so an, wenn er ihr mal wieder auf der Nase rumtanzt. Jetzt war es wieder so weit.

Sie ging auf ihn zu, sah ihn fest an und fragte ihn ruhig, aber streng: „Kannst du nicht mal mir zuliebe zwei Schulstunden deinen Mund halten?"

Saschas Antwort war nicht sonderlich klug gewählt: „Gegenfrage: Können Sie definieren, wie wahrscheinlich es ist, dass Blauwale uns in der Ausrechnung der Zahl Pi um zwölf Ziffern voraus sind?"

Frau Fiore starrte Sascha ein paar Sekunden lang irritiert an. Dann riss ihr (was außerordentlich selten passiert) der Geduldsfaden und sie schimpfte: „Es ist genug, entweder du hältst jetzt sofort dein vorlautes Mundwerk, oder ich werde deine Zeichnung nehmen, sie zusammenknüllen und dir eigenhändig dasselbige damit stopfen!"

Sascha kommentierte ungerührt: „Frau Fiore, Sie können aber schön schimpfen! Aber passen Sie auf, Stress ist auf die Dauer nicht besonders gesund."

Unsere Kunstlehrerin konnte weder mit dem Kompliment noch mit dem Ratschlag etwas anfangen. Die Geschichte endete damit, dass Sascha vor die Tür gesetzt wurde, um draußen weiterzuarbeiten und vor allen Dingen Frau Fiores Unterricht nicht weiter zu stören. Allerdings brachte er das auch von draußen fertig, indem er vor unserer Klassenzimmertür, welche aus Milchglas besteht, Grimassen schnitt oder Frau Fiore wegen irgendwelchen Trivialitäten nach draußen rief. Er schien heute einfach so gut gelaunt zu sein, dass er nicht begriff, dass Frau Fiore gerade nicht im Stande war, diese gute Laune mit ihm zu teilen, sondern mehr und mehr in eine gegenteilige Gemütslage verfiel.

Als die Doppelstunde schon zu zwei Dritteln um war, verbot sie uns amtlich das Lachen, was ein ungeheuer drakonisches Verbot war, wenn man bedenkt, welche Mühe sich Sascha gab, um uns alle diese Vorschrift missachten zu lassen.

Frau Fiore verließ den Raum, als die Stunde vorüber war, beinahe fluchtartig. Und im Stillen schien sie sich schon zu überlegen, wie sie Sascha nächste Woche stummschalten würde, wenn er wieder damit anfing, albanische Motorräder nachzuahmen…

Dienstag, 9. Oktober

Ein ganz normaler Schultag

E s gibt verschiedene Arten von Schultagen. Ich trenne sie ganz bewusst in drei Kategorien:

Besondere Schultage (wenn zum Beispiel im Winter die Heizung versagt und wir alle zur zweiten Stunde wieder nach Hause dürfen), langweilige Schultage (wenn wir, weil Frau Fiore krank ist, doppelt so viel Mathe wie gewöhnlich haben) und ganz gewöhnliche.

Letztere lassen sich weniger gut in einem Satz definieren, dafür bräuchte ich ein ganzes Unterkapitel. Heute war wieder einer dieser ganz gewöhnlichen Schultage.

Nach der Andacht, heute geleitet von Herrn Bruchsaal, hatten wir zwei Stunden Deutschunterricht bei Herrn Stavning.

Leander hatte eine Buchvorstellung vorbereitet und hielt damit den Unterricht eine Weile auf.

Er hatte, nach Vorschrift unseres Deutschlehrers, ein Handout für die Klasse auf USB-Stick vorbereitet, das Herr Stavning nun ausdrucken musste. Dieser startete schon mal seinen Laptop. Leander währenddessen wühlte in seinem unordentlichen Schulranzen, bis er endlich fand, was er suchte.

Mit einem USB-Stick in der Hand kehrte er ans Lehrerpult zurück. Allerdings gab es da ein kleines, nicht ganz unwichtiges Problem, das Leander übersehen hatte. Der Dateiträger sah aus, als hätte sich irgendjemand versehentlich darauf gesetzt. Vorne war der Stick so zugebogen, dass man ihn unmöglich an Herrn Stavnings Laptop einstecken konnte. Als Leander dies bemerkte, nahm er Felix Schere (denn selbst hatte er keine dabei) und begann damit vorne im USB-Stick herumzustochern.

Wir alle sahen mit gemischten Gefühlen dabei zu, wie er, ohne Rücksicht auf Verluste, versuchte, seinen Datenträger mit einer Schere so gerade zu biegen, dass er in den USB-Eingabeschlitz an Herrn Stavnings Laptop passte. Unser Deutschlehrer versuchte ihn vergebens daran zu hindern. Als Leander sein Kunstwerk beendet hatte und seinen zurechtgebogenen USB-Stick mit anfänglich viel Feingefühl und am Ende mit roher Gewalt in den Eingabeschlitz eingesteckt hatte, warteten wir als Klasse in andächtiger Stille darauf, dass irgendwas passierte.

Und tatsächlich passierte etwas: Der Laptop machte zuerst seltsame Knurrlaute, die gar nicht gut klangen, dann allerdings ertönte das „Pling"-Ge-

räusch, das anzeigte, dass der Computer den Datenträger erkannt hatte. Herr Stavning öffnete den
Stick – es schien problemlos zu klappen. Leander
wollte schon in ein Triumphgeschrei ausbrechen,
als seine Freude durch einen Einwurf von Herrn
Stavning ausgebremst wurde.

„Leander", sagte er, „dieser USB-Stick trägt den
klangvollen Namen: ‚Naked in the Lake' und ent-
hält ein halbvollständiges Popmusik-Album sowie
drei Urlaubsbilder, die an einem See irgendwo in
Südeuropa aufgenommen wurden… Soll etwa eines davon dein Handout sein?"

Leander blieb eine Weile wie versteinert stehen,
während die Klasse in lautes Gelächter ausbrach.
Als Leander danach, unter Aufwand mehrerer Flü-
che, bedacht vom sorgenvollen Blick unseres
Deutschlehrers, einen zweiten USB-Stick aus den
Tiefen seines Schulranzens hervorgekramt hatte
(der diesmal ohne Schwierigkeiten funktionierte),
konnte er mit seiner Buchvorstellung anfangen.

Als brave Schüler hörten wir der Buchvorstellung
aufmerksam zu.

Leander demonstrierte uns auf anschauliche Weise,
welche Fehler man bei einer Buchpräsentation machen konnte. Ähnlich sah es auch mit der Recht-
schreibung und der Kommasetzung auf seinem
Handout aus. Herr Stavning ließ uns danach, wie es
Deutschlehrer so gerne tun, Leanders Handout kor-

rigieren. Andreas fand die meisten Fehler und kam in dem fünf Sätze umfassenden Text auf vier Grammatik- und fünfzehn Rechtschreibfehler.

„Herr Stavning?", meldete sich Sascha in der letzten Reihe zu Wort, nachdem wir die Korrektur des Handouts abgeschlossen hatten, „dürfte ich nächste Woche den Roman ‚Es' von Stephen King vorstellen?"

Herrn Stavnings Antwort kam wie aus der Pistole geschossen: „Nein, Sascha! Ich habe euch doch am Anfang des Schuljahres schon erklärt, dass ihr keine Bücher mit gewaltverherrlichenden, erotischen oder Horror-Inhalten vorstellen dürft! Außerdem habe ich keine Lust, mit dir schon wieder darüber zu diskutieren".

Der folgende Rest der Deutschstunde wurde durch eine lebhafte Diskussion zwischen Sascha und Herrn Stavning gefüllt.

Sascha gab sich mit der Antwort seines Lehrers nicht zufrieden und wollte einen Kompromiss aushandeln, Herr Stavning war allerdings nicht kompromissbereit.

Am Ende eskalierte das Ganze und Sascha rief entnervt durch die Klasse: „Hat hier jemand etwas dagegen, dass ich dieses Buch vorstelle?"

Drei Schüler hoben instinktiv die Hände.

Das gab Sascha den Rest und er schimpfte: „Was ist denn das für ein Sch**ßverein hier!!!".

Ben bekam ungünstigerweise genau in diesem Moment einen Lachanfall.

Herr Stavning guckte sehr pikiert. Die restliche Klasse schwieg kurz irritiert. Als Ben sich wieder eingekriegt hatte, erfüllte den Raum kurzes, peinliches Schweigen.

– „Können Sie tanzen?"

Sascha hatte nie etwas besessen, das als Taktgefühl hätte bezeichnet werden können. Seine, an Herrn Stavning gerichtete Frage beendete die Stille und brachte Ben erneut zum Lachen. Saschas Versuch, die Situation durch diese Frage zu entspannen, ging komplett daneben – Herr Stavning fand das überhaupt nicht lustig, wobei er eine andere Meinung hatte als seine Klasse, die über seinen wirklich besonderen Gesichtsausdruck, der durch Saschas Frage hervorgerufen wurde, in lautes Gelächter ausbrach.

Nach den ersten zwei Stunden haben wir immer zehn Minuten Vesperpause, die in unserem Klassenzimmer für gewöhnlich allerdings weniger zum Vespern verwendet wird. Die Pause dauert normalerweise etwas länger, als sie eigentlich dauern würde, da es im Lehrerzimmer entweder keine Uhr gibt, sie nicht funktioniert oder niemand drauf schaut. Auf jeden Fall kommt jeder Lehrer fünf bis fünfzehn Minuten zu spät. (Gut, es gibt Ausnahmen. Herr Stavning kam zum Beispiel, als er neu an der Schule war, jedes Mal pünktlich zum Unterrichtsbeginn. Doch seitdem wir Schüler ihn auf das Verhalten seiner Kollegen hingewiesen haben, kommt er immer auf die Sekunde genau fünf Minuten zu spät...)

In dieser Zeit geht es in unserem Klassenzimmer meist recht chaotisch zu. Der Raum heißt ja nicht umsonst Harmagedon... Da kommt es halt auch immer wieder zu gröberen Auseinandersetzungen.

Thema des heutigen Konflikts: Saschas Herkunftsland Polen. Ben und Leander führten ein sehr lebhaftes Gespräch über diesen Staat. Ben meinte, er hätte als kleines Kind immer geglaubt, in Polen herrsche Krieg, Leander lachte auf, als Ben das sagte.

„Ich habe ja früher immer gedacht, in Polen gäbe es keinen Strom – und kein fließendes Wasser", meinte er und lachte wieder.

Sascha war selbstredend gekränkt und überschüttete Leander lautstark mit einem Schwall nicht gerade salonfähiger Wörter. Daraufhin versuchte Leander Sascha mit einem Schwall nicht gerade salonfähigen Süßgetränks zu überschütten, Sascha duckte sich allerdings gerade im richtigen Moment weg, so dass Leander daneben goss und sich auf dem Teppichboden eine klebrige Lache bildete. Sascha hatte die glorreiche Idee, die Schweinerei mit dem Tafelschwamm aufzuwischen, allerdings blieb ein ekliger Fleck zurück. (Was auf dem versifften Boden allerdings keinen großen Unterschied machte)

Leander bemerkte wenig später nicht sehr diplomatisch, in Polen müsste man sich den Strom in Eimern abgefüllt am Kiosk kaufen. Er selbst fand diese Bemerkung furchtbar lustig, Sascha war da selbstverständlich anderer Meinung. Während Leander noch vor Lachen glucksend auf seinem Stuhl saß, schlich sich Sascha von hinten mit dem Tafelschwamm, der immer noch von dem klebrigen Gesöff tropfte, an Leander heran und schleuderte den Schwamm nach ihm. Leider verfehlte er Leander und der Schwamm prallte gegen die Wand. Das Geschoss glitt an der blauen Tapete nach unten und hinterließ eine nasse, ekelerregende Spur. Leander hob den Schwamm auf und warf ihn nach Sascha. Er traf!

Das Gerangel ging hin und her. Der Schwamm flog mal hier- und mal dorthin und der ohnehin schon recht versiffte Teppichboden bekam immer wieder neue Flecken. Ebenso die Wand. Die anderen saßen da, sahen fasziniert dem Geschehen zu und duckten sich, wenn es nötig war, unter dem durch die Luft fliegenden Schwamm weg. So ungefähr müssen sich die alten Römer gefühlt haben, wenn sie den Gladiatorenspielen in der Arena zusahen! Ich schrieb mir beinahe die Finger wund, konnte aber beim besten Willen nicht jedes Detail dieses Kampfes in mein Notizbuch übertragen. Allerdings glaube ich, dass niemand unglaublich erpicht darauf ist, alle Details dieses Kampfes zu erfahren…

Irgendwann ergab sich Sascha, was zur Folge hatte, dass er von Leander und Ben in das leere, kleine Schränkchen neben der Tür gesperrt wurde.

Da der Knauf, mit dem man das Schränkchen früher abschließen konnte, bei einer Rangelei im Vorjahr abgebrochen war, nahm Leander wieder Felix Schere zur Hilfe. Er stocherte und drehte so lange in dem Loch herum, bis die Verriegelung einrastete und während Sascha da drinnen ausrastete, gegen die Wände trommelte und damit drohte, ganz Polen gegen Leander aufzuhetzen, versteckten die anderen schnell Schulranzen, Jacke und weiteres Zubehör im Schrank – eine todesmutige Idee, wenn man bedenkt, dass wir als nächsten Lehrer Herrn Wolf in Religion hatten. Und Herr Wolf brauchte schon unglaublich gute Laune, um so einen Spaß spaßig zu finden.

Sascha war mittlerweile im Schrank still geworden. Ben hatte ihm sein Vorhaben durch die Schrankwand hindurch erklärt und er war offensichtlich recht angetan von der Idee, den Unterricht unbehelligt von hier aus verfolgen zu können, und war einmal wieder zu jeglichen Schandtaten bereit. Es musste zwar für ihn recht eng in dem kleinen Schrank sein – der Allerschlankeste war er ja nicht... Doch trotzdem schien er es zu ertragen – Hauptsache, es würde lustig werden.

Als Herr Wolf das Klassenzimmer betrat, saßen alle, bis auf Sascha, brav auf ihren Plätzen. Herr Wolf begrüßte uns ohne die geringste Vorahnung. Danach begann Herr Wolf mit der Abfrage, wer alles anwesend war.

Die wenigsten Lehrer machen eine Anwesenheitskontrolle bei einer Klasse unserer Größe, aber Herr Wolf war einer von denen, die sich dieses Ritual nicht nehmen lassen wollten. Und so rief er jeden Schüler dem Alphabet nach auf.

„Sascha?", fragte Herr Wolf in die Klasse – keine Antwort.

„Herr Wolf", rief Leander aus, „Sascha ist heute krank... "

Herr Wolf trug Sascha als fehlend ins Klassenbuch ein und setzte seine Kontrolle fort. Er war nicht überrascht, dass noch kein Eintrag getätigt worden war, denn er wusste, dass seine Kollegen das gerne mal vergessen. Alle anderen Schüler waren anwesend.

Als Herr Wolf fertig war, trat er hinter das Lehrerpult, um seinen Unterricht zu beginnen.

Plötzlich veränderte sich sein Gesichtsausdruck und er fragte etwas angeekelt in die Klasse: „Warum ist es hier nass?"

„Ich war´s nicht, es war…", rief Leander aus, als Herr Wolf fragend zu ihm hinüberblickte. Eigentlich hätte Leander sagen wollen, dass es Saschas Schuld war, er erinnerte sich allerdings noch in letzter Sekunde, dass derselbige ja im Schrank saß und für den Lehrer nicht anwesend war.

„Wer war es?", fragte Herr Wolf interessiert.

„Nun ja, also eigentlich," druckste Leander herum, dann rang er sich durch und bekannte: „Ich war es!" (was im Grunde ja auch der Wahrheit entsprach)

Leander holte ein Tuch und wischte die Colalache auf. Herr Wolf begann seinen Unterricht trotz klebriger Schuhsohlen und fragte nicht weiter nach. Nach ungefähr acht Minuten befand sich Herr Wolf gerade in einer langatmigen Ausführung über die

Reihenfolge der Bücher in der Bibel, da erklang eine gedämpfte singende Stimme aus dem Schrank. Herr Wolf verstummte irritiert. Wir Schüler versuchten ein Lachen zu unterdrücken. Jetzt konnte man auch verstehen, was die, eindeutig zu Sascha gehörende, Stimme sang:

Sascha, der ist still und leise
doch in der Schule baut er Scheiße,
um die Lehrer zu erschrecken
tut er sich im Schrank verstecken.

Weiter kam Sascha nicht, da wir das Lachen nicht mehr unterdrücken konnten. Herr Wolf schaute erst irritiert, danach pikiert. Leander lief nach vorne, nahm zum dritten Mal an diesem Tag Felix' Schere zur Hand und stocherte in dem Loch herum, bis die Schranktür aufging. Sascha hievte sich aus dem Schrank heraus und grüßte Herrn Wolf übertrieben freundlich. Diesem fiel zuerst die Kinnlade herunter, dann musste auch er lachen. Er schien heute einen außergewöhnlich guten Tag zu haben, denn er ging nicht weiter auf das Thema ein, sagte nur noch, wir sollten ihn nicht noch einmal so anlügen.

Die Religionsstunde wurde fortgeführt, diesmal mit Sascha. Dieser konnte nur froh sein, dass es ihm nicht so erging wie damals Jenny, der jüngsten Tochter von Frau Valea. Diese hatte sich zum Spaß in der ersten Stunde im Schrank versteckt. Die Andacht hielt ihre Mutter, Frau Valea. Als sie merkte, was gespielt wurde, suchte sie wie eine wild gewordene Wespe in jedem Schrank, bis sie ihre Tochter fand. Der Unglücklichen wurde nun eine dreiseitige Strafarbeit wegen Unterrichtsverweigerung aufgebrummt. Man sieht, dass dieser Streich ein recht alter und abgegriffener ist. Trotzdem ist er doch lustig, vorausgesetzt, der Lehrer fällt darauf rein.

Nach den beiden Relistunden folgte die zwanzigminütige Hofpause. Diese verläuft eigentlich jeden Tag ähnlich: Die Grundschüler spielen miteinander, meist getrennt nach Mädchen und Jungen, da die Jungen partout nicht „Pferdchen" oder andere typische Mädchenspiele mitspielen wollen, sondern lieber Fangen, Fußball oder so etwas. Mancher mag das als klischeehaft bezeichnen, es ist allerdings genau so. Die jüngeren Realschüler spielen normalerweise bei den Spielen der Grundschüler mit, die älteren spielen entweder Basketball, hängen in der Nähe der Lehrer herum oder diskutieren über politische Themen.

Am Rand des Schulhofs stehen zwei Lehrer als Pausenaufsicht. Die sind aber meist mehr mit ihren Unterhaltungen als mit den Schülern beschäftigt – um ihre Aufmerksamkeit zu erregen, muss schon erst irgendwas Großartiges passieren. Oder es kommt ein Schüler mit seinen Problemen zu ihnen. Etwa in dieser Art:

– „Herr Kaiser, meine Mutter hat heute früh die Trinkflasche verwechselt und mir die falsche eingepackt!" Ein kleiner Grundschüler kam ganz aufgebracht zu Herrn Kaiser gerannt, um ihm das zu erzählen

„Mh, und was ist daran jetzt so schlimm?", erwiderte Herr Kaiser.

„Naja, das was da drin ist, kann ich nicht trinken!" meinte der Kleine etwas verlegen.

„Warum nicht? Was ist denn drin?"

– „Red Bull".

Herr Kaiser musste bei der Vorstellung einer Mutter, die ihrem Achtjährigen versehentlich koffeinhaltige Energiedrinks einpackte, unwillkürlich grinsen.

„Kipp es weg", riet er dem Grundschüler.

„Mann, was soll ich denn dann trinken? Ich hab Durst…", murmelte derselbige, während er davon schlurfte.

Direkt neben der Pausenaufsicht stritten sich zwei Grundschüler. Der Ursprung ihres Streits war schwer festzustellen. Sie zankten sich, wie es unter kleineren Kindern eben so häufig vorkommt:

„Du hast angefangen, blöde Kuh."

– „Nein, hab ich nicht, dumme Nulpe!"

– „Hast du doch, du Warzenschwein,"

ect., ect.

Etwas weiter hinten kappelten sich Sascha und James.

Ersterer hatte sich nämlich über die Pickel in dem Gesicht des Zweiten lustig gemacht. Keine gute Idee. Sascha sah dies auch sehr schnell ein, leider zu spät. James war eingeschnappt und begann sich die Ärmel hochzukrempeln. Sascha schluckte unweigerlich, da James zwar eine Klasse unter ihm, dafür allerdings mehr als einen Kopf größer und um einiges stärker war. „Ganz ruhig", versuchte Sascha so schnell es ging zu beschwichtigen, „Ich hab nichts gegen deine Pickel, nein, ganz im Gegenteil. Ich finde deine Pickel wunderschön. Ehrlich. Ich hab auch einen. Willst du ihn mal sehen? Ich hab ihn von meinem Großvater geerbt!".

Nach der Pause trennten uns nur noch eine Stunde Physik und eine Stunde Englisch (beides bei Herrn Kaiser) vom ersehnten Ende des Schultages.

Auf beinahe magische Weise hatte sich der versiffte Tafelschwamm in Luft aufgelöst und Herr Kaiser musste, als er im Klassenzimmer keinen Schwamm vorfand, zurück ins Lehrerzimmer gehen, um die eiserne Tafelschwammreserve der Schule anzuzapfen. Dadurch kam es wieder zu etwa zehn Minuten Verzögerung und so blieb Sascha, Leander und Ben noch genügend Zeit, um ihre Raufereien fortzuführen.

Herrn Kaisers Unterricht verlief ohne Störungen außer vielleicht, dass Leander zweimal aus unserem Schulbuch anstelle von „Atmosphäre" „Atomsperre" vorlas.

Der Schultag endete damit, dass wir auf Befehl des Lehrers hin noch alle Papierkugeln, die aus dem hinteren Teil des Klassenzimmers während des Unterrichts per Luftlinie den Weg auf den Boden unter dem Lehrerpult gefunden hatten, aufsammelten und in den Papierkorb warfen, worauf sich Leander bald in besagtem Eimer wiederfand.

Nachdem der Verursacher (Sascha) den Mülleimer mit etwas Billigklebeband notdürftig wieder repariert hatte, wurden wir endlich entlassen und begaben uns auf den Heimweg.

Wie ich bereits sagte: Einer dieser ganz gewöhnlichen Schultage!

Freitag, 12. Oktober

Nimm's sportlich

„**H** m, irgendwas stimmt hier nicht...", grübelte Herr Bruchsaal und klickte mit seinem Kugelschreiber auf seinem Klemmbrett herum.

Wir Schüler standen neben ihm und sahen ihm aufmerksam zu.

„Das ist wirklich blöd", murmelte Herr Bruchsaal weiter, dann schaute er zu uns auf. „Wie bekommen wir euch jetzt nach Westvorallbergen?", fragte er leicht nervös.

Westvorallbergen ist ein kleines, verschlafenes Kaff, das ungefähr acht Fahrtminuten auf einer mit unzähligen Schlaglöchern übersäten Holperpiste von Hergendorf entfernt liegt und in dem sich unsere Sporthalle befindet.

So wie ziemlich alles außer dem Schulgebäude leiht sich die Hiob-Schule auch ihre Sporthalle bei einer anderen Schule aus. Die Halle ist zwar nicht besonders groß, aber ihren Zweck erfüllt sie und so viel Platz braucht eine kleine Schule ja auch nicht. So wurden wir Schüler jeden Freitag, wenn mal wieder drei Stunden Sport auf dem Stundenplan standen, von hilfsbereiten Vätern und Müttern in deren Autos nach Westvorallbergen befördert. Normalerweise geht das alles gut, doch heute stellte sich Herr Bruchsaal unausweichlich die Frage, ob er sich nicht vielleicht einen klitzekleinen Planungsfehler erlaubt hatte.

In sein Auto, welches das letzte war, das nach Westvorallbergen abfahren sollte, passten noch sechs Mitfahrer, es standen aber noch acht Schüler vor dem Schulhaus.

Sascha meinte, er hätte nichts dagegen dazubleiben, aber Herr Bruchsaal lehnte seinen aufopferungsvollen Vorschlag schnell ab und löste das Problem auf eine ebenso schnelle Weise. Lieber verstößt man mal gegen die Straßenverkehrsordnung, als dass ein paar Schüler nicht in den Genuss des Sportunterrichtes kommen, nicht wahr?

So fuhr Herrn Bruchsaals Auto etwas arg überladen von der Schule ab. Kein einziger Schüler musste an der Schule bleiben. Allerdings war es für Sascha und Leander doch etwas sehr eng in dem recht platzsparenden Kofferraum…

Die Polizei schien heute alles andere als aktiv zu sein – wir wurden weder angehalten noch geblitzt.

Herr Bruchsaal schien die ganze Fahrt innerlich darum zu beten, dass dies nicht geschehen würde und wir Mitfahrer versuchten ihn mit lustigen Geschichten bei Laune zu halten, wie zum Beispiel der von Leanders Schwester, welcher am Tag nach ihrer Führerscheinprüfung der Führerschein wegen Rasens von einer Polizeikontrolle abgenommen wurde (was laut Leander nicht fair gewesen war, da sie die Geschwindigkeitsbeschränkung ja gar nicht mehr erkennen konnte, weil sie so „voll" war – wir gingen nicht weiter auf diese geistreiche Bemerkung ein).

Als wir die Turnhalle im Dorfzentrum von Westvorallbergen endlich erreichten, stand Herr Bruchsaal die Erleichterung förmlich ins Gesicht geschrieben. Jede unserer Polizeikontrolle-Anekdoten schien ihn mehr ins Schwitzen gebracht zu haben.

Die Sportstunde an sich war alles andere als aufregend: Es gab ausnahmsweise weder gebrochene Nasen noch gebrochene Arme. Auch keine Schädelfrakturen, ausgeschlagenen Zähne, zerstörten Zahnspangen oder geplatzten Schlagadern.

Alles lief reibungslos und komplikationsfrei ab, wenn man mal von Saschas recht eigenwilliger Interpretation des Felgaufschwungs absieht...

Freitag, 19. Oktober
Kindergeburtstag für die Schulleitung

Schon seit Tagen spricht die ganze Schule davon! Und das, obwohl es eigentlich streng geheim ist. Frau Meyer wird dreißig Jahre alt. Das ist ja eigentlich kein Geheimnis. Das Geheimnis ist, dass Lehrer und Eltern eine Überraschungsfeier für sie planen. Bestmöglich sollte Frau Meyer vorher möglichst nichts davon erfahren, da die Idee mit der Überraschung sonst natürlich hinfällig wäre. Deshalb wurde den Schülern bislang auch noch nichts verraten, allerdings hat sich vor einigen Tagen ein Lehrer verplappert und einige Schüler kamen ihm dadurch auf die Schliche. Keiner weiß, wie viel Frau Meyer schon mitbekommen hat oder ahnen kann. Trotzdem wagen alle noch zu hoffen, dass es für Frau Meyer doch noch eine Überraschung wird.

Um acht Uhr stand die gesamte Schülerschaft am Hintereingang der alten Mehrzweckhalle (dieser Hintereingang beläuft sich lediglich auf einen, von Herrn Bruchsaal ausgesägten schmalen Durchgang). Die Lehrer und ein paar Eltern aus dem Elternbeirat koordinierten die Operation „Kindergeburtstag für die Schulleitung".

– „Folgendermaßen soll das Ganze ablaufen", erklärte uns Herr Kaiser mit gedämpfter Stimme. „Ihr seid alle hier hinten, damit Frau Meyer eine leere Schule vorfindet. Keine Lehrer und keine Schüler werden da sein. Herr Bruchsaal und ich sind bereits bei ihr entschuldigt. Wir haben uns einige kleine Ausreden ausgedacht, um ihr weiszumachen, warum wir etwas später kommen. Wenn sie dann langsam beginnt ungeduldig zu werden, kommt ein singender Blumenbote, den sie noch nie vorher gesehen hat, ins Gebäude, singt ihr ein Geburtstagsständchen und bringt sie anschließend hier nach hinten in die Halle. Dort warten wir dann mit Essen und albernen Party-Spielen auf sie. Alles klar?"

Wir nickten alle.

Dann kam plötzlich vom Seiteneingang ein Kommando.

Wir Schüler mussten uns schnell und vor allen Dingen leise in einer langen Schlange aufstellen und jeder bekam ein Pappschild mit einem Buchstaben darauf in die Hand gedrückt. Dann warteten wir und warteten und warteten. Das Wetter war typisches Oktoberwetter: kalt und nass. Endlich kam von Herrn Kaiser, der vorne in der Schlange stand, das Kommando zum Loslegen. 56 Schüler marschierten (oder quetschten sich, je nach Körpermaß) durch den schmalen Hintereingang und stellten sich vorne im Saal auf. Wir sollten unsere

Schilder so hochhalten, dass Frau Meyer, die soeben dem Blumenboten in die Halle gefolgt war, den Satz:

„VIEL GLÜCK UND VIEL SEGEN
AUF ALL DEINEN WEGEN!
HAPPY BIRTHDAY"

lesen konnte.

Frau Meyer war überraschenderweise wirklich überrascht.

Als Herr Bruchsaal dann noch „Happy Birthday" anstimmte und alle Schüler und Eltern mit einstimmten, war sie vor Rührung den Tränen nahe. Eine Mutter aus dem Elternbeirat leitete Frau Meyer nach vorne und eröffnete die Feier. Wir Schüler verteilten uns auf den bereitgestellten Stühlen. Einer der Höhepunkte der Feier waren selbstverständlich die Kindergeburtstagsspiele, welche das Vorbereitungsteam genussvoll ausgesucht hatte, in der Vorstellung, wie sich das Lehrerkollegium in den verschiedenen Disziplinen anstellen würde.

Frau Meyer durfte sich für jeden Wettkampf ihre Gegner selbst aus dem Lehrerkollegium aussuchen. So suchte sie sich beispielsweise für den Stelzenlauf Herrn Wolf als Gegner aus. Sie gewann diesen Wettbewerb haushoch, da Herr Wolf sich mit den Stelzen in Kindergröße unglaublich schwer tat. Gegen Herrn Bruchsaal spielte Frau Meyer Apfelwettessen, gegen Herrn Kaiser versuchte sie sich im Sackhüpfen. Dieses Duell verlief allerdings recht ungerecht: Während Frau Meyer ein intakter Jutesack gereicht wurde, erhielt Herr Kaiser einen, der an beiden Seiten aufgerissen und somit mehr als Tuch als als Sack zu bezeichnen war. Trotzdem führte Herr Kaiser das Duell die längste Zeit an. Allerdings kam kurz vorm Ziel Schulhund Nola aus der Menge geprescht und verbiss sich in Herrn Kaisers Sack. So hielt sie ihn lange genug zurück, dass Geburtstagskind Meyer ihn überholen konnte und als erstes ins Ziel kam…

Nach einigen weiteren Spielen, die Frau Meyer ebenfalls alle gewonnen hatte, beendete ein großes Bobbycar-Rennen die Spiele. Frau Meyer suchte sich einen Vater aus dem Elternbeirat als Gegner aus, da sie alle anwesenden Lehrpersonen schon durch hatte. Sie gewann auch diesen Wettkampf wieder, da zwei Schülerinnen aus der zweiten Klasse sie angeschoben hatten.

Als die Lehrer alle Spiele gespielt und sich damit vor ihren Schülern ausreichend zum Affen gemacht hatten, eröffnete Frau Meyer als Geburtstagskind feierlich das Buffet. Wo es bei der Schule doch sonst so gesund zuging, war dieses ausnahmsweise überfüllt mit Leckereien, die vor allem aus zwei Dingen bestanden: Zucker und Fett.

Zusätzlich hatten die Lehrer einen Wagen mit Eis bestellt. Sascha verkündete offiziell, er begehe nun einen Suizidversuch, der darin bestand, bei knappen acht Grad Außentemperatur eine Kugel Eis zu essen. Aufgrund der niedrigen Temperatur, des starken Windes, der durch alle Ritzen der Halle pfiff und des immer heftiger herabströmenden Regens, der nun auch durch die vielen Löcher im Dach der Mehrzweckhalle floss, wurden die Feierlichkeiten recht schnell ins Schulhaus verlegt. Frau Meyer ging durch alle Klassen und bedankte sich in jeder für diese Feier.

Auf dem Flur kam Sascha auf sie zu.

– „Frau Meyer, Sie sehen so jung aus!", beglückwünschte er sie.

Leander, der neben Sascha herging, bekräftigte schmeichelhaft: „Ja, fast so wie zwanzig!"

„Nee", meinte Sascha, „eher wie zwölf!"

Worauf Frau Meyer mit sich zu kämpfen schien, ob sie dies nun als Kränkung oder Lausbubenscherz auffassen sollte…

Sie entschied sich aber zur Feier des Tages für letzteres!

Kapitel II:

„Herberge zum Fröhlichen Baptisten"

Die Luft wird langsam merklich kühler,
am Bahnsteig warten Lehrer und Schüler.
Erst donnert es aus der Ferne leise,
dann schießt der Zug über die Geleise.
So beginnt die fröhliche Reise.

Montag, 26. November

Auf nach München
(Klassenfahrt Tag 1)

10: 15 Uhr

K lassenfahrt! Wobei, dieses Wort trifft bei unserer Schule gar nicht richtig zu. „Realschulfahrt" träfe es wahrscheinlich besser. Die ganze Realschule fuhr mit dem Zug nach München! Wir saßen alle in einem Überlandzug der ÖBB und sahen den nächsten drei Tagen mit gemischten Gefühlen entgegen. Jeder, der die Hiob-Schule kennt, weiß, dass solche Unterfangen entweder nicht zustande kommen – (wenn dieser Zustand eintritt, können sich alle Beteiligten erleichtert die Schweißperlen von der Stirn wischen) oder dass sie zustande kommen und dies bedeutet dann, na ja, ein Abenteuer, um es positiv zu formulieren.

Ja, ein Abenteuer ist es jetzt schon. Fünfmal mussten wir heute schon umsteigen. Eigentlich hätten wir ja nur zweimal umsteigen müssen, aber Herr Bruchsaal hatte den Fahrplan falsch herum gehalten, weswegen wir statt auf Gleis neun auf Gleis sechs eingestiegen sind. Den Rest kann man sich denken. Trotz allem hatten wir unseren Überlandzug auf dem Hauptbahnhof Nürnberg dann noch bekommen und konnten uns endlich zurücklehnen.

Bis München waren es ja schließlich noch zwei Stunden Zugfahrt. Zusammen mit Herrn Kaiser, Felix und Andreas vertrieb ich mir die Fahrt mit dem Raten von Black Stories.

11: 00 Uhr

Gegen elf Uhr fuhr unser Zug in den Hauptbahnhof von München ein. Daraufhin stürzten wir uns sofort in die Menschenmassen der U-Bahn.

Als wir nach drei Stationen Fahrt wieder an die Erdoberfläche kamen, sahen wir, dass es angefangen hatte, in Strömen zu regnen. Zudem war es kalt und vor uns lagen ungefähr acht Minuten Fußmarsch bis zu unserer Unterbringung. Der Regen hatte nun wohl bemerkt, dass gerade die Hiob-Schule in München war, denn er nahm an Stärke zu. Wir kämpften uns nun also durch die verregneten Straßen der Stadt. Als wir endlich vor unserer Unterkunft standen, war diese auch noch abgeschlossen und wir mussten weitere drei Minuten im strömenden Regen warten, bis Herr Bruchsaal es geschafft hatte, den Hausmeister herauszuklingeln, der uns unwillig die Tür öffnete und uns hereinließ.

Und da waren wir nun. Unser Obdach war für die nächsten drei Tage eine kleine Baptistische Gemeinde im Erdgeschoss eines Mehrfamilienhauses.

Der kleine Keller gehörte auch noch dazu. Ebendort befanden sich auch die Toiletten. Die Damentoilette wurde gerade saniert, so dass allen Schülern und Lehrern nur eine einzige Kabine für beide Geschlechter zur Verfügung stand. Des weiteren war im Keller eine kleine Küche, eine Abstellkammer sowie eine kleine Sitzgruppe, bestehend aus einem großen Sofa, mehreren Sesseln und einem Tisch im Eingangsbereich. Oben gab es einen kleinen Gottesdienstsaal, eine Garderobe, ein Hinterzimmer, in dem ein Klavier und ein Sofa stand, sowie ein kleines Foyer mit einem Zeitschriftentisch. Schlafen durften wir auf selbst mitgebrachten Luftmatratzen.

Das ist sie also, die „Pension zum Fröhlichen Baptisten".

Eine halbe Stunde nach unserer Ankunft rief Frau Meyer uns alle im Saal zusammen und erklärte uns ihre Pläne für die kommenden drei Tage, die wir hier verbringen würden. Für den heutigen Tag hatte sie geplant, dass wir alle in kleinen Gruppen durch die Münchner Innenstadt streifen würden, uns in den Geschäften umschauen und uns ein Bild von dieser Stadt machen könnten. Um drei Uhr, so Frau Meyer, sollten wir mit dem Bus losfahren. Bis dahin hätten wir noch Zeit, uns einzurichten.

Nachmittags:

Wir brachen pünktlich um drei Uhr mit dem Bus in die Innenstadt auf. Alle waren recht guter Dinge, nur nicht Mark, der Zehntklässler, der, wenn wir wieder in der Gemeinde wären, von seiner Mutter abgeholt werden würde, da er von den Lehrern beim Rauchen erwischt wurde. Auch Kevin sah nicht so glücklich aus. Ihm war bei der Busfahrt in die Stadt übel geworden und er hatte sich neben Frau Meyer und Herrn Kaiser nach ganz vorne stellen müssen. Nachdem wir den Bus verlassen hatten, mussten wir noch eine kürzere Strecke zu Fuß gehen.

Der Regen war inzwischen vorüber und es nieselte nur noch leicht. Auf dem großen Platz vor dem Rathaus versammelten wir uns alle und Frau Meyer erhob wieder das Wort.

„Bitte hört mir alle zu!", rief sie, „Ich wiederhole mich nicht, hört ihr! Ich sage es nur einmal – also, bitte Ruhe, gut zuhören! Ihr dürft euch hier in Gruppen aufteilen. Jede Gruppe muss aus mindestens vier Personen bestehen! Verstanden? Vier. Keine weniger. Ihr könnt natürlich auch mit uns Lehrern mitlaufen. Ihr dürft euch von eurem Geld, wenn ihr welches dabei habt, selbstverständlich auch Sachen kaufen. Wir treffen uns um Punkt siebzehn Uhr wieder hier vor dem Rathaus. Verstanden? Punkt siebzehn Uhr! Ist alles klar?"

Ein blökendes „Ja!" aus den Reihen der Schüler.

Daraufhin ließ uns Frau Meyer frei laufen und die Schüler teilten sich in Gruppen auf. Ich blieb erst mal zurück, da ich interessiert daran war, wo sich die Lehrer umschauen wollten.

Als ich mich zu ihnen umdrehte, hörte ich, wie Herr Kaiser Frau Meyer gerade fragte: „Sag mal Boss, um wieviel Uhr sollen wir eigentlich wieder hier sein?"

Frau Meyer bekam beinahe einen Anfall und sagte etwas von „Aufmerksamkeitsdefizit" und „schlechtes Vorbild".

Die Lehrer verließen den Rathausplatz als Letzte. Mit ihnen zusammen auch einige Mädchen aus der fünften und sechsten Klasse. Außerdem musste Mark mit den Lehrkräften laufen, wohl damit er nicht auf den Gedanken kam, abzuhauen. Und dann war da eben noch ich.

Wir schlenderten gemächlich an den verschiedensten Läden vorbei, bewunderten die aufwendig gestalteten Schaufenster und gingen durch gefühlt jedes dritte Geschäft.

Wir sahen uns in einem Laden um, in dem mannshohe Kuckucksuhren angeboten wurden, wir durchliefen einen Medienhandel und sahen uns einen Bayern-München-Fanshop an.

Später schlugen die Mädchen vor, dass wir uns als Nächstes in einer schicken Boutique, die ihnen ins Auge gesprungen war, umsehen könnten. Da wollte natürlich keiner von uns Männern mit – wir hatten sie doch eben erst erfolgreich davon abgehalten, sich in Münchens größtem Schuhgeschäft umzusehen. Herr Bruchsaal entschied, dass wir uns von der Mädelgruppe trennen würden und uns später wiedertreffen sollten. Zu Frau Meyer sagte er scherzhaft: „Geht ihr lieber alleine. Ich möchte nicht dabei sein, wenn ihr euch tausend Schuhe anschaut, euch von Fachverkäufern beraten lasst und am Ende doch wieder nichts kauft!".

Niemand hatte etwas dagegen, so trennten sich die Wege der beiden Gruppen.

– „Guckt mal, da hinten gibt's ein Sportgeschäft!"

rief Herr Bruchsaal nach kurzer Zeit. „Das wäre doch mal interessant".

Herr Kaiser nickte zustimmend, dass er es auch nicht uninteressant fände. Allerdings fügte er noch hinzu, es würde ihm sicherlich am meisten Spaß machen, die Sportgeräte darin auszuprobieren und kaputt zu machen.

(Ich denke, irgendwo in Herrn Kaiser drinnen schlummert eine Art Sascha, die nur auf die passende Gelegenheit wartet, um herauszukommen.)

Auch ich hatte nichts dagegen, mich etwas im Sportladen umzusehen (vor allem wollte ich sehen, welcher der beiden Lehrer zuerst eines der Geräte schrottete). Nur Mark brummte etwas von „Scheiß Sport", aber auf ihn nahm in diesem Fall keiner Rücksicht.

Wir gingen also ins Sportgeschäft und sahen uns darin um. Herr Bruchsaal wollte unbedingt neue Laufhandschuhe kaufen (wofür braucht man beim Laufen Handschuhe???) und begab sich auf die Suche nach denselbigen. Wir anderen dackelten ihm hinterher und guckten uns unterwegs all das an, was hier an Sportzubehör verkauft wurde.

Im obersten Stockwerk wurde Herr Bruchsaal fündig. Eine ganze Abteilung voll mit verschiedenen Sporthandschuhen. Und dann begann das, was wir eigentlich nicht wollten. Herr Bruchsaal begann, einen Handschuh nach dem andern auszuprobieren. Er suchte das Geschäft nach fachkompetenten Fachverkäufern ab, um sich beraten zu lassen. Er roch an jedem Handschuh, er wedelte mit ihnen in der Luft herum, er zog sie an, er joggte mit jedem Paar einmal durch die Abteilung, er fragte Berater um Berater. Wären wir bei den Mädels geblieben, dann hätten wir genau dasselbe erlebt, nur eben mit verschiedenen Modeaccessoires.

Herr Kaiser und ich ließen uns auf einer kleinen Bank neben einem Wasserspender nieder und begannen wieder Black-Stories zu raten. Alle naslang kam Herr Bruchsaal vorbei und ließ uns Laufhandschuhe vergleichen. Nach einer geschlagenen Dreiviertelstunde verließ er widerwillig mit uns das Sportgeschäft.

„Für welche Handschuhe hast du dich denn jetzt entschieden?", fragte Herr Kaiser ihn.

„Ich habe gar keine gekauft, dafür hatte ich ja keine Zeit", entgegnete ihm Herr Bruchsaal.

Wir fanden Frau Meyer mit den Mädels in einem Fastfood-Imbiss am Ende der Straße wieder. Sie waren gerade dabei, eine extra große Portion Pommes und mehrere Veggie-Burger niederzumachen (soviel zur gesunden Ernährung!).

Pünktlich um siebzehn Uhr fanden wir uns wieder vor dem Rathaus ein. Die meisten Schüler verglichen, wie viel Geld sie für welche teuren Einkäufe ausgegeben hatten. Theo aus der neunten Klasse hatte sich für 80 Euro ein übergroßes Luxuskopfkissen gekauft und er schlug damit alle Konkurrenten aus dem Feld (nicht nur metaphorisch…).

Wieder zurück in der Gemeinde richteten wir uns alle, bis auf Mark, der gegen achtzehn Uhr von seiner Mutter abgeholt wurde, unsere Schlaflager auf dem kühlen Fliesenboden ein und Frau Meyer begann in der viel zu klein bemessenen Küche ihre Definition von einem Abendessen zusammenzuschmoren.

Dienstag, 27. November
Ein Tag im Badeparadies
(Klassenfahrt Tag 2)

G egen acht Uhr scheuchten uns Frau Meyer und die anderen Lehrer aus dem Bett bzw. den Luftmatratzen. Ich hatte kaum schlafen können, da der Fußboden eiskalt war und meine Matte leckte, seit sie von Theo aus der neunten Klasse gestern mit einem aus dem Keller ~~geklauten~~ „geliehenen" Rollstuhl, mit dem er Panzer gespielt hatte, überrollt worden war. Die meisten anderen hatten auch recht wenig geschlafen und so fand sich eine ziemlich müde Gesellschaft im Saal zum Frühstück ein. Der Tagesplan für heute sah in etwa folgendermaßen aus: Nach dem Frühstück hält Herr Kaiser eine kurze Andacht, danach packen wir Lunchpakete für heute Mittag. Daraufhin werden wir unsere Badetaschen nehmen und mit der S-Bahn nach Erding in die Therme aufbrechen.

Nachdem die Andacht vorüber war, begannen die recht hektischen Vorbereitungen für den Tag im Badeparadies.

Mitten in das eifrige Arbeiten der Lehrer platzte plötzlich Kevin und rief schon am Eingang des Raumes: „Frau Meyer, Frau Meyer kommen Sie schnell, unten im Keller ist eine riiiesigee Ratte!!!"

Vier Mädchen in der Nähe fingen wie auf Knopfdruck an zu quieken und Frau Meyer wurde etwas blass um die Nase. Sie schien sich an die unheimlichen Fernsehdokus über Rattenplagen zu erinnern, die Ratten zeigen, die durch das Abwasserrohr aus der Toilettenschüssel hervorgekrochen kommen.

„Eine Ratte. Bist du dir da sicher?" fragte sie ungläubig.

Jawohl – Kevin war sich sicher.

Herr Kaiser, der zugehört hatte, meldete sich freiwillig, die Ratte zu fangen. Mit Grusel und Ekel vor der Ratte, sowie Bewunderung für Herrn Kaisers Heldenmut folgten die vier Mädchen dem Lehrer in den Keller. Herr Kaiser suchte den Raum mit den Augen ab. Als er nichts fand, begann er die Möbel zur Seite zu schieben. Dabei lief ihm eine winzige Maus über den Weg.

„Eine Maus hat's hier auch", verkündete er.

Kevin, der ebenfalls gefolgt war, begann zu schreien: „Aber das ist doch die Ratte!!!!!!"

Die vier Mädchen quiekten wieder laut los und flüchteten die Treppe nach oben. Herr Kaiser versuchte mehrfach, die Maus zu erwischen, aber es gelang ihm nicht, da dieselbige einfach zu klein und zu schnell für ihn war. Schließlich ließ er die Maus Ratte und die Ratte Maus sein und gab die Jagd auf.

Ungefähr zwanzig Minuten später saßen wir in der S-Bahn in Richtung Erding. Wir hatten entgegen aller Erwartungen den Zug, obwohl wir sehr spät losgekommen waren, nicht verpasst und auch sonst lief alles erstaunlich komplikationslos ab.

Während wir im Zug saßen, begann es draußen zu schneien und als wir in Erding aus der Bahn stiegen, hatte eine geschlossene Schneedecke die Umgebung überzogen. Nach einer kurzen Fahrt mit dem Bus standen wir vor der großen Glasfassade der Therme. Nachdem wir uns alle durch den großen Haupteingang gedrängelt hatten, begann eine sehr vertraute Prozedur: Wir mussten uns in Zweierreihen aufstellen und alle Lehrer zählten gleichzeitig durch, ob alle da waren.

Am Ende hatten sie alle unterschiedliche Ergebnisse, so dass sie nochmal nachzählen mussten. Schließlich gaben sie es auf und Frau Meyer stellte sich in der Schlange an der Kasse an, um eine

Gruppenkarte für die Schule aufzutreiben. Nachdem sie diese besorgt hatte, betraten wir den Trakt mit den Umkleideanlagen.

Die Therme war ein riesiger Komplex mit zahlreichen verschiedenen Becken. Im Gegensatz zu dem winterlichen Wetter draußen war hier drinnen alles im Südseestil gehalten. Die drei großen Hallen waren mit einem Wellenbecken, einem großen Südseebecken mit Poolbar und Grotte, einem Spabereich, mehreren Whirlpools sowie einer Vielzahl an Wasserrutschen ausgestattet.

Nachdem uns Frau Meyer die Baderegeln vorgetragen hatte, wohl in dem Wissen, dass fast siebzig Prozent der Schüler ihr ohnehin nicht zuhörten, verteilten wir uns in kleinen Gruppen in der riesigen Thermenlandschaft.

Der Tag war wirklich sehr gelungen.

Naja, einige Dinge sind trotzdem einer Notiz bedürftig: Zum Beispiel hatten sich Herr Bruchsaal und Frau Meyer an einem kleinen Stand im Spabereich „Schönheitsmasken" geben lassen und sich mit den braun-weißen Pasten das Gesicht eingestrichen. Und so kam es, dass oben beschriebene Fünftklässlermädchen, als sie Herrn Bruchsaal mit der Creme im Gesicht sahen, in Gequietsche ausbrachen, da sie ihn auf den ersten Blick für ein Gespenst gehalten hatten. Sascha allerdings musste, als er Herrn Bruchsaal mit der Schönheitsmaske sah, so fürchterlich lachen, dass er für einen Augenblick vergaß zu schwimmen und brodelnd wie ein Vulkan unter Wasser verschwand. Im nächsten Moment kam er wieder hervorgeschossen, Wasser in alle Richtungen spuckend.

Die meiste Zeit hielt ich mich im Rutschentrakt auf, selbstverständlich um selbst die Rutschen auszuprobieren, mitunter aber auch um mitzuverfolgen, welche Herausforderungen sich Herr Kaiser und Herr Bruchsaal lieferten. Sie forderten sich gegenseitig den ganzen Tag über immer wieder zu Adrenalinkicks heraus. Sie lieferten sich auf einer Wettrutschbahn ein Wettrutschen, versuchten den Rekord auf der Rutschensprungschanze zu knacken und jagten eine High-Speed-Rutsche nach der anderen runter.

Nach einer Weile fand Herr Bruchsaal, dass es Zeit wäre, die große gelb-schwarze High-Speed Rutsche zu rutschen – eine Röhre, die so heftig ist, dass laut Sicherheitstafel nur Männer auf ihr rutschen dürfen, eine Rutsche, für welche die Therme berühmt ist.

Eine Schülertraube hatte sich am Landebecken versammelt und blickte erwartungsvoll in die schwarze Röhre. Als Erster kam Herr Bruchsaal herausgeschossen. Er wirkte etwas schwindlig, aber er hatte es überlebt.

Als Nächster klatschte Herr Kaiser ins Auffangbecken am Ende des Tunnels. Auch er schien es überlebt zu haben, wirkte allerdings wesentlich weniger stabil als Herr Bruchsaal. Als er das Landebecken verließ, meinte er, er sei soweit in Ordnung, nur sein Rücken fühle sich verspannt an. Als ich ihn fünf Minuten später im Außenbecken wiedertraf, merkte ich, dass die Extremröhre noch ganz andre Auswirkungen auf Herrn Kaiser gehabt hatte: Er stand neben Frau Meyer und präsentierte ihr ein riesiges Loch, das die Rutsche hinten in seine Badehose gerissen hatte.

Wenige Zeit später bemerkte ich, wie Frau Meyer und Herr Bruchsaal sich einander gegenüber an einer über ein Becken führenden Brücke hochgezogen hatten und versuchten, sich mit den Füßen gegenseitig irgendwie ins Wasser zu ziehen. Herr Kaiser stieß mit einigen Schülern dazu und aus dem Ganzen wurde eine Art Meisterschaft. Das ist das Kuriose an unseren Lehrern! Wenn sie nicht gerade vor ihrer Klasse stehen und unterrichten, kann man sie kaum von übergeschnappten Teenagern unterscheiden. Ich weiß nicht, ob das eine gute oder eine schlechte Eigenschaft ist, aber mir macht gerade diese Eigenschaft unsere Lehrer so sympathisch....

Der Besuch der Therme war eine der besten Unternehmungen, die unsere Schule je gemacht hatte!

Das Blöde war nur, dass wir nach diesem Tag im Badeparadies um halb sechs wieder zurück nach München mussten…

Draußen war der Schnee mittlerweile zu Schneematsch geworden. Es war dunkel, nur die Straßenlaternen brannten und durch die großen Glasfassaden der Therme fiel Licht nach draußen. Das Ambiente war fast schon etwas kitschig. Der Haufen von Kindern und Jugendlichen mit drei Lehrern an der Spitze passte irgendwie nicht ins Gesamtbild.

Wir waren alle einigermaßen erschöpft vom Schwimmen und Rutschen. Herr Bruchsaal und Frau Meyer waren voraus zu der kleinen Bushaltestelle an der Therme gelaufen, um sich über die Abfahrtszeit des nächsten Busses zu informieren. Frau Meyer las die nächste Busabfahrtszeit in Richtung unseres S-Bahnhofs ab und erstarrte. Sie rief Herrn Bruchsaal zu sich. Die beiden tuschelten kurz und sehr nervös miteinander. Dann sahen sie sich mit unheilschwangerem Schweigen an. Ihren Blicken zu entnehmen, hatten wir ein großes Problem, ein sehr großes. Ich entnahm dem nervösen Getuschel der beiden, dass die nächste Abfahrtszeit eines Busses für fünf Uhr morgens anberaumt war. Der letzte Bus war vor einer halben Stunde abgefahren. Wenn wir bis zum Bahnhof liefen, würden wir unseren Zug nicht mehr kriegen und auch in diesem Fall fuhr der nächste erst morgen früh. Ganz großartig!

Herr Bruchsaal und Frau Meyer riefen schnell Herrn Kaiser zu sich, der mit den letzten Schülern das Gebäude verlassen hatte und begannen eine angeregte Diskussion darüber zu führen, wie sie dieses dämliche Problem denn jetzt in den Griff bekommen sollten.

Doch heute muss der Glückstag der Hiob-Schule gewesen sein. Denn just in dem Augenblick, in dem Frau Meyer drauf und dran war, ihre Schwester, die in München lebt, anzurufen, sie solle die Nachbarschaft mobilisieren und uns hier abholen, fuhr ein Bus vor. Wie sich herausstellte, hatte Frau Meyer in der falschen Spalte, nämlich bei den Fahrplänen für Sonn- und Feiertage nachgesehen. So löste sich dieses Problem einfach in Luft auf. Wie bereits gesagt: heute musste der Glückstag der Hiob-Schule sein!

Später, als wir vollkommen ohne weitere Pannen wieder zurück in die Gemeinde gekommen waren, ließ Herr Bruchsaal einen Pizzalieferdienst kommen, so dass Frau Meyer sich nicht um noch ein Abendessen bemühen musste. (Eine *sehr* gute Idee von ihm!)

Die Schüler verteilten sich mit ihren Pizzen im ganzen Gebäude, die Lehrer setzten sich wie immer zusammen an einen Tisch im Gottesdienstsaal und als sie fertig waren, begannen sie sich alberne Dinge zu erzählen und in regelmäßigen Abständen laut loszukichern. Jeder, der diese drei Lehrer einmal privat angetroffen hat, wird wissen, dass dieser Umstand nicht weiter besorgniserregend ist.

Gefährlich wurde das erst, als Frau Meyer plötzlich einen heftigen Lachanfall bekam. Sie quietschte vor Lachen und konnte einfach nicht mehr aufhören. Die Geräusche, die sie laut imitierte, hatten gewisse Ähnlichkeiten mit Saschas Imitation des slowenischen Kleinkinds im Wassertretbecken – gut, dass Frau Fiore nicht dabei war…

Herr Kaiser und Herr Bruchsaal saßen peinlich berührt da und sahen ihr zu, wie sie sich vor Lachen krümmte. Am Ende lag sie lachend und nach Luft ringend auf dem Boden. Einige Fünftklassmädchen kamen angelaufen, um zu sehen, was mit Frau Meyer passiert war. Sascha, den das Gelächter ebenfalls angezogen hatte, fragte Frau Meyer, ob er den Krankenwagen holen sollte. Das machte alles nur noch schlimmer. Über eine Minute lang lag die gute Frau auf dem Boden, lachte und rang nach Luft. Dann war es plötzlich vorbei mit der Heiterkeit. Frau Meyer stand auf, als wäre nichts gewesen. Etwas wacklig auf den Beinen ging sie zurück zum Lehrertisch.

Daraufhin setzte das alberne-Dinge-Erzählen und ständig-laut-Loskichern wieder ein. Allerdings blieben weitere Lachkrämpfe oder anderweitige Zwischenfälle aus.

Mittwoch, 28. November

„Ich werd verrückt"
(Klassenfahrt Tag 3)

A uch in dieser Nacht schlief ich katastrophal. Den müden Gesichtern der anderen nach zu urteilen, ging es diesen keinen Deut besser. Zu allem Überfluss war in der gesperrten Mädchentoilette ein Wasserrohr gebrochen, sodass uns gegen acht Uhr gestern Abend das Wasser abgedreht wurde. Gut, dass die Klassenfahrt heute zu Ende ging.

Nach dem Frühstück brachen wir unsre Zelte im Haus ab und räumten zusammen. Bald türmte sich im Empfangsraum ein riesiger Gepäckstapel. Der Plan für den heutigen Tag beinhaltete neben der Rückreise nach Hergendorf noch einen vormittagfüllenden Besuch im Deutschen Museum. Und es ist kaum vorstellbar: alle freuten sich darauf! Ich habe schon recht viel gesehen, aber noch nie eine Horde Teenager, die sich auf ein Museum freut…

Gut, mit dem Museum an sich hatte es herzlich wenig zu tun, eher damit, dass es dort wieder fließendes Wasser gab. Funktionierende Toiletten brauchten wir alle ebenso dringend wie frische Getränke. Und so kam es, dass, nachdem wir im Museum angekommen waren und die gewöhnliche Schülerzählung hinter uns gebracht hatten, alle Schüler und Lehrer der Hiob-Schule zuerst die WCs und dann den Getränkeautomaten aufsuchten. Eine Angestellte des Museums, die in der Empfangshalle stand, blickte der Prozession kopfschüttelnd nach.

Der Rest des Museums war tatsächlich richtig interessant, zumindest aus meiner Sicht.

Unsere Schule war nicht die einzige Einrichtung, auf deren Tagesplan heute ein Besuch im Deutschen Museum stand: Auch eine Kindergartengruppe hatte heute dieses Ausflugsziel.

Mindestens zwanzig gelangweilte Kinder dackelten an der Hand ihrer Erzieher durch das Gebäude. Warum bitteschön geht man mit Kindergartenkindern in ein Museum? Drei- bis Fünfjährige können doch, rein vom Intellekt her, noch nicht alles begreifen, was sie dort sehen. Deswegen schienen sich die meisten der Kinder auch richtig zu langweilen.

Ein kleiner, ziemlich dicker Junge, er wird nicht viel älter als vier gewesen sein, war allerdings hellauf begeistert von allem, was er sah. Das brachte er zum Leid der anderen allerdings auch sehr laut zum Ausdruck.

– „Ich werd verrückt, ich werd verrückt!" rief er bei fast allem, was er sah.

Sascha meinte im Nachhinein, das „Verrücktwerden" hätte der Kleine sich sparen können, da er sowieso schon verrückt genug sei.

Sascha hatte tatsächlich am meisten unter der Kindergartengruppe zu leiden. Als er sich in Pose neben eine römische Statue stellte, um sich von Felix fotografieren zu lassen, kam nämlich der gesamte Zug von kleinen Kindern um die Ecke und in genau dem Moment, als Sascha steif wie eine Statue dort stand, kam der kleine „Ichwerdverrückt" mit seinen Kumpels angewatschelt.

„Ich werd verrückt, ich werd verrückt, guckt mal, ein dicker Steinzeitmensch!", rief der Kleine erfreut aus und zeigte auf Sascha.

Dieser explodierte förmlich.

Noch bevor Felix sein Foto machen konnte, stampfte Sascha auf den Kleinen zu. Um Haaresbreite hatte Herr Kaiser, der gerade im richtigen Moment um die Ecke kam, verhindern können, dass Sascha eine Dummheit begehen konnte.

Kurz bevor wir das Museum wieder verließen, fand ich endlich eine Gelegenheit, um Herrn Kaiser eine wichtige Frage zu stellen.

„Warum", fragte ich ihn möglichst unauffällig, „hatte Frau Meyer gestern Abend diesen Lachanfall?"

„Musst du das unbedingt wissen?", erwiderte Herr Kaiser. Es klang leicht nervös.

„Selbstverständlich", entgegnete ich ihm.

„Naja…", es war ihm sichtlich unangenehm, „So besonders war das jetzt auch wieder nicht… Und dich als Schüler geht es doppelt und dreifach nichts an."

Bevor ich noch etwas sagen konnte, hatte Herr Kaiser sich schon umgedreht und war in der nächsten Ausstellung verschwunden und unter den dort präsentierten Exponaten und in der Menge der Besucher untergetaucht. So ein Mist!

Wir verließen das Museum gegen zwei Uhr nachmittags wieder und traten den Weg zu unserer Unterkunft an. Wir hielten uns allerdings nicht mehr lange dort auf. Nur unser Gepäck mussten wir noch holen und Frau Meyer wollte unbedingt noch einmal durchzählen (hätte ja sein können, dass wir irgendjemanden im Deutschen Museum vergessen haben… – Ganz nebenbei: Ich fände es bei manchen Schülern gar nicht so schlimm, wenn wir sie in München vergessen würden), danach ging es auf zum Bahnhof und von dort mit einem Überlandzug über Nürnberg nach Hergendorf.

Auf der Rückreise mit dem Zug überlegte ich mir, wie man diese Klassenfahrt wohl als kommerzielle Reise anpreisen würde. Ich denke, es könnte ungefähr so aussehen:

„Luxusreise" nach München:

1. *Die Unterbringung:* Die „Herberge zum Fröhlichen Baptisten." Ein romantisches, unbeheiztes Gebäude mit niedlichen Mäusen im Keller, bietet Ihnen wunderbar Platz, um sich eingeengt zu fühlen. Sie übernachten auf Luftmatratzen auf dem Boden des Hotels. Ein Abendessen von der Schulleiterin und ein spannender Wasserrohrbruch sind im Preis inbegriffen.

2. *Die Unternehmungen:* In der Umgebung befindliche Sportgeschäfte laden zum Kauf von Laufhandschuhen ein. In Erding lockt die Therme mit besonderen Angeboten, wie einer Schönheitsmaske für Lehrer und der High-Speed Rutsche, welche die Sonderfunktion hat, Lehrern die Badehose zu zer-

fetzen. Besuchen Sie auch das Deutsche Museum und sehen Sie Kindergartenkindern beim Verrücktwerden zu.

3. *Die Verpflegung:* lassen Sie sich von der Sterneküche unserer Schulleiterin verwöhnen. Genießen Sie selbst gepackte Lunchpakete und freuen Sie sich darauf, beim Essen vom exaltierten Lachen Frau Meyers unterhalten zu werden.

Apropos Frau Meyer: Warum hatte sie eigentlich diesen Lachanfall? Ich muss Herrn Kaiser noch mal fragen!

Kapitel III:

O du fröhliche ...

Advent, Advent
ein Lichtlein brennt
und während es noch draußen schneit
und drinnen noch ein Lehrer schreit
naht unbemerkt die Weihnachtszeit

Dienstag, 04. Dezember

Da kotzt das „lyrische Ich"

S ascha kommt manchmal auf seltsame Ideen!

Heute hatte er den Jogurt, den er verkleckert hatte, mit Leanders Jacke aufgewischt.

Das fand Leander natürlich nicht besonders toll.

Sein Gesichtsausdruck verriet eher, dass er das Problem „Sascha" nun ein für alle Mal lösen wollte.

Doch gerade, als er sich mit einem Wutschrei auf Sascha gestürzt hatte und mit ihm ringend zu Boden gegangen war, öffnete sich die Türe und Herr Stavning betrat den Raum.

Er blieb einen Moment stocksteif stehen, als er die beiden Jungs auf dem Boden liegen und miteinander ringen sah. Ihm bot sich dieser Anblick nicht zum ersten Mal, allerdings regte es ihn jedes Mal auf, wenn er diese Art der Disziplinlosigkeit in seiner Klasse erlebte. Sascha hatte den Lehrer kommen sehen, konnte sich allerdings kaum rühren, da Leander mit dem Rücken zum Lehrer auf seinem Bauch kniete und seine Hände mit roher Gewalt auf den Boden drückte.

„Hallo, Herr Stavning!" presste Sascha mit dem bisschen Luft, das er unter seinem Rivalen noch bekam, hervor.

Leander schoss, wie von der Tarantel gestochen hoch und fuhr herum:

„Guten Tag, Herr Stavning!" grüßte er hastig.

Herr Stavning runzelte die Stirn.

„Setzt euch", befahl er dann.

Die beiden gehorchten ihm brav wie zwei Schoß-hündchen. Leander rückte seinen Stuhl so zurecht, dass Herr Stavning die frischen, großen Jogurtfle-cken auf dem Teppichboden nicht sehen konnte. Unser Deutschlehrer ging zum Lehrerpult und nahm dort Platz. Er holte zuerst das Klassenbuch unserer Klasse hervor und machte dort, länger als gewöhnlich, Eintragungen.

Vermutlich vermerkte er so etwas wie: „Leander versucht Sascha zu ermorden, während der Lehrer das Zimmer betritt"…

„Bitte packt alle eure Hausaufgaben aus!" –

Mit diesen Worten begann Herr Stavning seine Deutschstunde.

Die gesamte Klasse beugte sich über ihre Schul-ranzen und begann, in diesen herumzuwursteln, bis sie fanden, was sie suchten.

Herr Stavning war freudig überrascht, dass fast alle heute ihre Hausaufgaben nicht nur gemacht, sondern auch mitgebracht hatten – so oft kommt das nicht vor.

Nur Leander tanzte aus der Reihe. Er meinte, seine große Schwester habe sie versehentlich verbrannt. Wie und warum auch immer…

Unsere Hausaufgabe war, über ein Thema, das uns gerade beschäftigt, ein Gedicht zu schreiben. Herr Stavning ließ uns unsere Werke nun der Reihe nach vorlesen. Mir war recht schnell ein Thema eingefallen, das mich beschäftigt, nein, eher aufregt!

Und so las ich, als die Reihe an mich kam, folgendes Gedicht vor:

Protestschreiben in Bezug auf einen Teppichboden

Sachlage:

*In unserem Hergendorfer Schulhaus
sieht's grad leider nicht so cool aus.
Schüler und Lehrer sind nicht der Grund
es liegt nicht am Schulhaus und nicht am Schulhund,
es liegt ganz klar, am vom Schimmel bedrohten
Teppichboden.*

In all seinen Ecken
kann man Flecken entdecken
echt überall Flecken, dicke und fette
die ausschauen, als ob da wer hin gekotzt hätte ...

Auch können wir zu unsrem Klagen
zum Boden kaum noch Teppich sagen
nein, der Boden ähnelt zu unserm Verdruss
eher einem Klettverschluss.

<u>Forderung an das Lehrpersonal:</u>

Wir bitten euch darum, reißt diesen Graus
von einem Teppich bitte heraus!
Ihr könnt euch ja mit dem Baumarkt vernetzen
und den Teppich durch Linoleum ersetzen
nur eins: entfernt diesen ekligen Dreck.
Wir sind die Schüler und der Teppich muss weg!

„Wie können Sie über eine so ernste Sache lachen?", fragte Sascha Herr Stavning, nachdem ich meinen Vortrag beendet hatte.

Die ganze Klasse hatte still und andächtig gelauscht und durch Nicken ihre Zustimmung gezeigt, nur Herr Stavning schien das Gedicht überaus lustig zu finden!

„Sie haben auch nicht über die Gedichte zu anderen Themen von uns gelacht!", beschwerte sich Ben.

„Bist du etwa eifersüchtig, dass ich über dieses Gedicht lache und über deines nicht?", fragte Herr Stavning.

„Nein", meinte Ben knapp, „ich finde nur, dass dieses brisante Thema mit mindestens gleichviel Respekt behandelt werden muss, wenn nicht sogar mit noch mit mehr!"

Die Klasse pflichtete Ben nickend bei.

Dieser fuhr fort: „Es geht hier um unsere Gesundheit! Der Teppich ist hinten beim Schrank schon komplett durchgeschimmelt! Und ich bin mir recht sicher, dass man, wenn man nur sorgfältig sucht, auch einige Ratten hier im Gebäude findet. Auf dem Teppich finden sie ja genügend festgetretene Nahrung, schau'n Sie sich den doch mal genauer an. In dem Gedicht finden sich keine ‚Stilmittel der Ironie' oder ‚Übertreibungen'! Man sieht noch die ganzen Flecken, welche die Kinder der ehemaligen Französischlehrerin, Madame Pfuibäh, oder so ähnlich, hier gemacht haben."

Oh ja, ich erinnere mich auch noch gut an die Zeit, in der die besagte Frau an der Schule unterrichtete.

Wir mussten montags immer vor dem Klassenraum warten, bis wir rein konnten, da diese Lehrerin in der ersten Stunde Französisch in unserem Klassenzimmer lehrte. Ihre kleinen Kinder, sie dürften nicht älter als zwei Jahre alt gewesen sein, schleckten von innen die Glastüre ab und hinterließen eine breite Speichelspur. Zudem verzehrten sie mit viel Appetit unsere Tafelkreide.

(Ben klopfte aus diesem Grund einmal und fragte sie, ob er noch etwas Kreide zum Essen für ihre Kinder holen sollte.

Frau Wie-auch-immer, die zwar gut Französisch, aber kaum Deutsch sprach, sagte daraufhin: „Ja, bitte tu das".

Ben ging zum Lehrerzimmer, wo er eine Packung Kreide besorgte, welche die Kinder der Französischlehrerin innerhalb von einer halben Stunde vollkommen aufgegessen hatten).

Doch es kam noch heftiger: Vor dem Klassenfrühstück vor den Weihnachtsferien hatte sie noch ihre Französischstunde in unserem Klassenraum. Als wir danach das Klassenzimmer betraten, hatte kein einziger Schüler mehr Lust, hier zu frühstücken. Der Boden war dermaßen voll mit angekauter Kreide und Sabberflecken, dass uns allen einfach nur noch schlecht war. Als Sara, Tochter von Frau Valea, später noch in einen riesigen Sabberfleck im hinteren Bereich des Raumes trat, war selbst Sascha der Appetit vergangen.

Ben redete sich richtig in Rage und auch wir anderen steuerten Geschichten zu diesem Thema bei.

Herr Stavning hörte sich die Erzählungen seiner Klasse geduldig an und warf immer wieder prüfende und leicht angewiderte Blicke auf die Glastür, den Teppich und den Plastikbecher mit Tafelkreide.

„Jawohl, so war das damals", beendete Ben schließlich die Ausführungen.

Herr Stavning schien recht überzeugt von diesen Argumenten und versprach uns allen, das Thema (sofern er es nicht vergesse) so schnell wie möglich im Lehrerzimmer anzusprechen.

Das ist doch schon mal ein Anfang…

„Wir werden im Mai ein Musical aufführen!" verkündete Herr Kaiser ganz nebenbei im Matheunterricht.

Sechs Augenpaare starrten ihn an.

„Wir müssen da doch nicht etwa *mitmachen*?", diese erste Reaktion kam von Ben.

„Natürlich macht ihr mit!", meinte Herr Kaiser.

Ben legte sorgenvoll die Stirn in Falten und schaute Herrn Kaiser abwartend an.

„Was ist das denn für ein Musical, das wir aufführen?", fragte Felix.

„Eine Art christliche Allegorie für Kinder", erwiderte Herr Kaiser schnell.

Bens Sorgenfalten gruben sich noch tiefer in seine Stirn, Leander starrte Herrn Kaiser an, als habe dieser Singalesisch, Punjabi oder sonst irgendeine weltfremde Sprache gesprochen. Sascha schüttelte sich kurz und meinte dann, dass es gegen „Allegorie" sicher irgendwas von Ratiopharm geben müsste.

Herr Kaiser grinste kurz und meinte dann: „Es ist kein Weltuntergang, Leute! Ihr werdet das überleben."

Ben war sich da nicht so sicher, denn er fragte kurze Zeit später, ob er sich für den betreffenden Tag krankmelden dürfe.

„Nein, wenn du nicht krank bist, dann musst du kommen – Das Musical ist eine Pflichtveranstaltung!", erwiderte Herr Kaiser, „und jetzt holt eure

Mathebücher raus und schlagt sie auf Seite hundertzwei auf. Bearbeitet bitte die Aufgaben eins bis drei. Und bitte kein Wort mehr über das Musical!"

Donnerstag, 06. Dezember
Adventsstimmung

Weihnachten rückte langsam näher. Das merkte man auch in der Schule.

Frau Meyer probte mit der Grundschule für den lebendigen Adventskalender, Frau Fiore bastelte mit uns in Kunst verschiedene Arten von Weihnachtsschmuck und Herr Wolf schickte sich an, unser Klassenzimmer weihnachtlich mit künstlichen Kerzen, kleinen Holzfiguren und dunkelroten Tüchern zu dekorieren.

Nur die weihnachtliche Stimmung schien bei den Lehrern noch nicht wirklich angekommen zu sein.

Dies machte sich ganz besonders im Kunstunterricht bemerkbar. Wir hatten Kunst heute im Werkraum im Erdgeschoss. Ich war etwas spät dran, so dass Frau Fiore ihren Unterricht bereits begonnen hatte, als ich kam. Noch lange bevor ich den Raum betrat, hörte ich Frau Fiore echauffiert, beinahe hysterisch, schreien. Was genau sie so empörte, konnte ich nicht verstehen, aber ich konnte es erahnen.

An der Tür zum Werkraum stieß ich fast mit Sascha zusammen, der ausnahmsweise einmal einen sehr verschüchterten, kleinlauten Eindruck machte. Im Inneren des Raums fand ich eine höchst verärgerte Frau Fiore, eine recht betretene Klasse und ein stark ramponiert aussehendes lebensgroßes Skelettmodell, das für den Bio-Unterricht im Werkraum aufbewahrt wurde, vor. Ben erzählte mir leise, während wir arbeiteten, dass Sascha mit dem Skelett einen Fechtkampf ausgetragen hatte. Als Lanze hatte eines der dünnen Metallrohre, die an der Wand lehnten, gedient. Als er gerade dem Skelett den Todesstoß versetzte, kam Frau Fiore rein. Den Rest hatte ich mit eigenen Ohren gehört.

Frau Fiores schlechte Laune hatte zum Vorteil, dass sie nicht merkte, dass ich zu spät gekommen war.

Eine Viertelstunde später sagte Frau Fiore zu Leander, er solle Sascha wieder reinholen. Diesen Beschluss bereute sie knapp zwei Minuten später allerdings wieder. Sowieso war sie die ganze Stunde über recht übellaunig.

Alles in allem also noch nicht sehr weihnachtliche Stimmung an der Schule. Eher Winterblues.

Die letzte Stunde hatten wir nochmal Unterricht bei Herrn Kaiser. (Die Stunde war eigentlich nur eine halbe Stunde, da Herr Kaiser mal wieder zu spät kam. Er war nämlich dazu gezwungen, einen neuen Tafelschwamm zu besorgen – Unser alter war nämlich auf rätselhafte Art und Weise verschwunden). Als er endlich kam, teilte er uns mit, dass er schon lange vergessen hatte, uns mitzuteilen, dass wir morgen keinen regulären Unterricht haben würden. Er hatte den Termin, laut Eigenaussage, im Hinterkopf gehabt, allerdings erst beim Blick auf den Kalender, eben im Lehrerzimmer, bemerkt, dass das ja schon der nächste Tag war…

„Morgen kommt so ein Redner, den Frau Valea eingeladen hat, an diese Schule, um euch Siebt- bis Zehntklässlern irgendetwas zu erklären – keine Ahnung was… Es hatte irgendwas mit Geld zu tun", erklärte uns Herr Kaiser, „außerdem habt ihr nach dem Vortrag, so gegen zwölf Uhr, Schluss".

Na, das kann ja lustig werden…

Freitag, 07. Dezember
Die Millionenfrage

H eute kommt also der Redner, den Frau Valea eingeladen hat. Meint: er sollte heute kommen.

Als ich morgens kurz vor knapp mit meinen Brüdern im Schlepptau in die Schule gehetzt kam, kam mir im gleichen Tempo und in der gleichen Hektik Herr Bruchsaal entgegengewetzt. Auch die anderen Lehrer schienen irgendwie angespannt.

Außer Frau Valea schien auch keiner richtig zu wissen, was denn heute genau passieren sollte. Und auch sie wusste bloß, dass es sich bei diesem Mann um einen überaus erfolgreichen Startup-Unternehmer handelte, der uns erklären sollte, wie man seine erste Million verdient…

Um acht Uhr begannen wir den Tag ganz normal im Klassenzimmer 5/6 mit einer von Herrn Kaiser gehaltenen Andacht. Danach verteilten sich die Schüler auf ihre Klassenzimmer.

Herr Wolf streckte seinen Kopf kurz durch unsere Zimmertür und sagte uns, wir sollen bitte warten. Uns würde bald gesagt werden, was wir zu tun, beziehungsweise, wo wir hinzugehen hätten.

Und so saßen wir da und warteten…

…Und warteten…

…Und warteten…

…Und wenn Herr Wolf nicht zwischendurch wegen des Lärms, den wir beim Warten fabrizierten, mit vor Wut hochrotem Kopf hereingekommen wäre und uns heruntergeputzt hätte, dann wäre Sascha vor lauter Warten erstickt.

(Vielleicht allerdings auch unter dem Gewicht von Leander, der es für ratsam hielt, auf Saschas Bauch zu warten.)

Gegen zehn Uhr dreißig kam Herr Kaiser zu uns ins Zimmer.

Leander und Sascha hatten die Gefahr im letzten Moment kommen sehen und saßen, als Herr Kaiser die Tür öffnete, wieder auf ihren Plätzen, statt auf dem Lehrerpult. Leander kickte schnell noch ein verräterisches Stück des Mülleimers unter den Schrank, welcher das Flaschen-Zielwerfen nicht besonders gut überstanden hatte.

– „Frau Meyer hat soeben beschlossen, dass sie euch den restlichen Tag frei gibt", gab Herr Kaiser bekannt, „dieser Start-up-Mensch kommt aller Wahrscheinlichkeit nach nicht mehr. Er war in den letzten 3 Stunden leider nicht zu erreichen."

Wir waren dem Start-up-Menschen nicht im geringsten böse für sein Fernbleiben – jeder einigermaßen normale Schüler wird das verstehen. So packten wir in großer Eile unsere Sachen zusammen.

Die ganze Klasse verließ freudig schwatzend den Klassenraum. Ben blieb noch kurz an der Türe bei Herrn Kaiser stehen.

„Wissen Sie jetzt eigentlich, was mit dem Redner los ist?", fragte er.

„Wir haben nicht den blassesten Schimmer!", erwiderte Herr Kaiser. „Seit gestern Abend hat keiner mehr Kontakt zu ihm gehabt. Bisher haben wir es auch nicht geschafft, ihn irgendwie anders zu erreichen..."

Ben nickte kurz und folgte dann den anderen nach unten.

Ich musste noch zwei Schulstunden lang auf meine Geschwister warten. Während also die meisten anderen den Heimweg antraten, setzte ich mich am Treppenabgang im Foyer auf eine der kalten Marmorstufen, um, als hätte ich das heute nicht schon genug getan, zu warten.

Gut, dass ich nicht der Einzige war, der warten musste. Leander und Felix mussten ebenfalls auf jüngere Geschwister in niedrigeren Klassen warten und so hatte ich Gesellschaft.

Die Zwei füllten die Wartezeit ähnlich wie im Klassenzimmer aus – wie hätte es auch anders sein sollen?

Schnell bekamen sie sich mit Nadja aus der vierten Klasse in die Haare. Diese hatte auch schon Schulschluss und schien Spaß daran zu haben, Leander und Felix zu piesacken. Schon nach kurzer Zeit flüchteten die beiden auf den Pausenhof. Nadja rannte ihnen sofort hinterher. Durch das große Fenster neben der Tür konnte ich gut beobachten, wie sie, wohl aus Übermut, mit Rindenmulch nach den beiden warf und sie damit quer durch den Hof jagte.

Ich beachtete es nicht weiter, da ich in weiser Voraussicht einen Roman eingesteckt hatte, in den ich mich nun in aller Ruhe vertiefte.

In aller Ruhe? Diese Ruhe hielt nun wirklich nicht lange an. Denn als ich gerade mal zwei Kapitel gelesen hatte (Es ging in der Handlung des Buches gerade um eine wilde Verfolgungsjagd) wurde das, was ich las, auf einmal zur Realität. Nadja kam zur Türe herein, hinter ihr rannten Felix und Leander, welchen nun endgültig der Kragen geplatzt war. Ich ließ meinen Roman sinken und sah interessiert der realen Verfolgungsjagd zu.

Die beiden Jungs scheuchten Nadja durchs Schulhaus, die Treppe rauf und runter, quer durch die Garderobe und sie jagten sie über den ganzen Pausenhof. Immer und immer wieder. Das war glatt ein Grund, das Buch zur Seite zu legen und dem Spektakel zuzusehen.

Leander und Felix hatten sich in den Kopf gesetzt, Nadja für ihre Provokation büßen zu lassen. Das sah man ihnen an, als sie ihr hinterher hechteten. Felix, als Sohn des Sportlehrers, war schneller als sie und hatte sie schnell eingeholt. Leander hatte sich derweil ein Springseil besorgt und versuchte, Nadja damit zu fesseln. Diese wollte das aber definitiv nicht. Sie schlug um sich und versuchte sich zu befreien. Und so wälzten sich schon bald ein Siebt- und ein Achtklässler mit einer Viertklässlerin auf dem Boden herum und versuchten, sie irgendwie zu fesseln.

Felix kam auf die Idee, einen am Boden liegenden Wollschal als Knebel zu benutzen. Leander fand die Idee super, Nadja nicht! Sie begann sich noch härter zur Wehr zu setzen. Leander versuchte ihr den Mund zuzuhalten – zu seinem Pech! Sie nutzte die Gunst des Augenblicks und biss ihn so kräftig in die Hand, dass er sie mit einem Schmerzensjauler losließ, was sie sich natürlich zu Nutzen machte. Sie rappelte sich auf und rannte die Treppe nach oben, zog dort die Tür auf und flüchtete sich in den Schulflur. Leander und Felix standen kurz wie angewurzelt da. Felix reagierte zuerst. Er rief laut: „Hinterher!!!" und spurtete die Treppe nach oben. Leander folgte ihm sofort, Springseil und Wollschal in den Händen.

Aus dem oberen Stockwerk hörte man ihre hastenden Schritte, dann einen Aufschrei und etwas, das so klang, als ob einer der Computertische mit höllischem Getöse umfallen würde. Es trat eine kurze Stille ein, daraufhin vernahm man deutlich die laute, schimpfende Stimme von Herrn Wolf.

Später passierte nicht mehr sehr viel. Mary-Lou, die auch bereits Schluss hatte, suchte im Treppenhaus nach ihrem Wollschal, ansonsten ließ sich keiner mehr blicken und ich hatte genügend Ruhe, mich ganz in meinen Roman zu vertiefen.

Gegen zwölf Uhr kam Herr Kaiser die Treppe runter.

„Ein super Tag heute, was?", fragte er grinsend

„Hmpf", gab ich ihm eindeutig zur Antwort.

„Vergessen wir es einfach wieder!", erwiderte er, weiterhin grinsend.

– „Ach ja, warum hat Frau Meyer in München eigentlich ihren Lachanfall gehabt?" fragte ich ihn noch schnell.

Sofort verschwand das Grinsen von seinem Gesicht.

„Frau Meyer hat einmal gelacht?", fragte er mit aufgesetzt ernstem Gesichtsausdruck, „kann sie das überhaupt? Sie lacht doch nie!"

Bevor ich ihm etwas erwidern konnte, war er schon durch die Tür und verschwand mit schnellen Schritten im grauen Dezemberwetter.

Mittwoch, 12. Dezember

Gut´ Nacht und kein Bett!

S chulübernachtung – das bedeutet in der Theorie normalerweise: Klassengemeinschaft stärken und solche Dinge. Wie bei der Klassenfahrt eben auch. In der Praxis wird das wahrscheinlich eine recht vergnügliche Nacht, in der Brettspiele gespielt und haufenweise Chipstüten geleert werden. Natürlich wird irgendeinem Grundschüler schlecht, einige Realschüler werden verrückte Streiche aushecken und obwohl es Übernachtung heißt, wird keiner ein Auge zu tun können. Auch im Grunde dasselbe wie Klassenfahrt – nur ein bisschen kürzer. Und jetzt, eine Woche vor den Weihnachtsferien, soll das Ganze stattfinden.

Der Termin ist zwar seit Beginn des Schuljahrs bekannt, aber, wie das nun mal ist, ist es selbst den Lehrern erst drei Tage vorher, beim Blick auf den Kalender wieder eingefallen.

Also verbrachten wir den Abend im Schulhaus, saßen zusammen, futterten Chips und andere Knabbereien in uns rein, die normalerweise bloß im Lehrerzimmer zugelassen sind und unterhielten uns über dies und jenes. Einige Lehrer hatten Gesellschaftsspiele mitgebracht.

Es war, wenn man einmal davon absieht, dass wir uns im Schulhaus und unter der ständigen Aufsicht von Lehrern befanden, alles in allem ein netter Abend.

Doch man konnte dem Frieden nicht ganz trauen. Denn es kann immer sein, dass irgendein Lehrer wieder irgendeine verrückte Idee hat...

– „Ich hätte jetzt Lust, joggen zu gehen!" verkündete Herr Bruchsaal gegen zehn Uhr.

Ich verdrehte die Augen, ebenso wie Sascha, mit dem ich gerade ein Kartenspiel spielte. Das war so eine typische Herr-Bruchsaal-Idee.

„Alle Sportlichen zu mir! Wir gehen 'ne Runde dunkeljoggen!" verkündete unser Sportlehrer und klatschte eifrig in die Hände.

Felix, der ebenfalls noch bei uns am Tisch saß, drückte Andreas, unserem vierten Mitspieler, seine Karten in die Hand.

„Halt mal kurz", sagte er und verschwand in Richtung Garderobe.

„He, Felix, das ist nicht regelkonform!", rief Sascha ihm noch hinterher.

Dieser schien es scheinbar nicht gehört zu haben, somit mussten wir das Spiel zu dritt weiterspielen.

Innerhalb kürzester Zeit hatten sich alle, die sich mit „sportlich" angesprochen fühlten, bei Herrn Bruchsaal vor der Garderobe eingefunden.

Es waren neben seinem Sohn Felix und seiner Tochter aus der fünften Klasse noch zwei Zehntklässler und einer aus der Neunten, die sich auf dieses, nennen wir es mal „Abenteuer", einließen.

Viertel nach zehn verließ der Trupp die Schule. Herr Bruchsaal hatte sich in den Kopf gesetzt, eine drei Kilometer lange Waldroute im Dunkeln zu joggen. Als Lichtquelle dienten lediglich zwei Taschenlampen, mehr nicht.

Die Strecke führte sie durch eine schmale Gasse unmittelbar hinter der Mehrzweckhalle der Schule. In der Gasse brannte nur eine alte, kümmerliche Straßenlaterne, die so stark flackerte, als wenn sie jede Sekunde verlöschen würde. Dann waren sie im stockfinsteren Wald. Glauben Sie mir, es ist kein großes Vergnügen in einer dunklen, nebligen und feuchten Dezembernacht bei Temperaturen um den Gefrierpunkt draußen im düsteren Wald zu joggen. Ich war zwar bei dieser Tour nicht selbst dabei, aber ich habe schon genügend andere „großartige Ideen" von Herrn Bruchsaal und von anderen sportlich engagierten Menschen ausbaden müssen, dass ich von solchen Dingen inzwischen ein Liedchen singen könnte…

Der Waldboden war, auch auf den Wegen, schmodderig und rutschig, sodass die Hosen der mutigen Jogger bald schon mit Schlammspritzern überzogen waren und sie bei jedem Schritt aufpassen mussten, um nicht auszurutschen.

Aber Herr Bruchsaal war hart im Nehmen und sagte, um seine Mitläufer anzufeuern, typische Sportlehrersätze wie: „Kommt schon, seid nicht so demotiviert, ihr seid doch nicht aus Zucker. Der Spaß fängt doch erst an! Ihr müsst raus aus eurer Komfortzone."

– (Als wären die Armen nicht schon dann komplett raus aus der Komfortzone, als sie die Entscheidung trafen, die Nacht mit Isomatten auf dem dreckigen Teppichboden der Schule zu verbringen!)

Zwei oder drei Jogger waren schneller als Herr Bruchsaal und der Rest der Gruppe und versteckten sich im Gebüsch, um die anderen, wenn sie kamen, mit Wildschweingeräuschen zu erschrecken.

Dieser Plan ging vollkommen auf. Besonders Herr Bruchsaal erschrak, als plötzlich schwarze Schatten mit lauten Grunz- und Quieklauten aus dem Dickicht gestürzt kamen. Um so lauter war darauf das Gelächter der Übeltäter.

Herr Bruchsaal starrte die drei Jungs, zu denen auch sein Sohn gehörte, wie entgeistert an und schien sich in diesem Moment zu wünschen, es wären doch Wildschweine gewesen, da ihm sein erschreckter Aufschrei scheinbar recht peinlich war, erst recht jetzt, wo für ihn jegliche Begründung fehlte.

Herr Bruchsaal trieb seine Gruppe an, da beide Taschenlampen langsam, so wie die Straßenlaterne unten in der Gasse, bedrohlich zu flackern begannen. So joggten sie schweigend weiter den glitschigen Hang hinauf. Die Batterien der Taschenlampen reichten allerdings nur noch fünf Minuten. Dann ging die erste Lampe einfach aus. Aus Sicherheitsgründen ließ Herr Bruchsaal anhalten und befahl allen, nah zusammen zu bleiben, da nur noch ein Licht zur Verfügung stand und es im Wald ohne Licht so stockfinster war, dass man die Hand vor Augen nur mit Mühe erkennen konnte.

Just in dem Moment, in dem alle zusammen im Wald standen, flackerte die andere Taschenlampe ein letztes Mal auf und erlosch dann ebenfalls. So stand die Gruppe komplett in undurchdringliche Finsternis gehüllt im Wald.

„Das ist jetzt blöd", kommentierte Herr Bruchsaal ungerührt, um die anderen aufzuheitern, doch seine gespielte Heiterkeit dauerte nicht lange, denn es sollte noch viel blöder kommen.

In der biblischen Geschichte von der großen Flut fällt der Satz: „Und die Schleusen des Himmels öffneten ihre Tore" – Dieser Satz beschreibt gut, was als Nächstes geschah.

Ein wahrer Sturzbach von Regen fiel urplötzlich über dem Joggergrüppchen herab. In Sekundenschnelle waren alle, obwohl sie durch die Bäume noch einigermaßen geschützt waren, von Kopf bis Fuß durchnässt.

Herr Bruchsaal scheint nie Glück mit Ausflügen zu haben...

Im Schulgebäude saßen alle im Trockenen, als der Regenguss begann. Alles lief nach den gewöhnlichen Abläufen ab, was heißt, dass rein gar nichts nach Plan lief. Wie sollte es auch, es war ja schließlich auch kein Plan vorhanden. Bis auf den ungeschriebenen Plan, der trotz allem immer recht streng eingehalten wird:

Gegen 22:30 übergab sich zum Beispiel ein Grundschüler, der zuviele Erdnussflips gefuttert hatte. Jaqueline schlief viel zu früh auf einem der Tische ein und war nur mit Mühe wieder wach zu kriegen. Herr Wolf und Herr Stavning (der eigentlich gar nicht kommen wollte und dann nur kurz vorbeischauen wollte und dann doch die ganze Nacht über blieb) unterhielten sich über alle schlimmen Umweltkatastrophen und Terroranschläge, die sie kannten. Herr Kaiser spielte in einem anderen Raum mit fünf Schülern eines dieser komplizierten Kartenspiele, das man tausend Mal erklären muss und trotzdem kapiert keiner, wie es geht.

Der Abend war im Schulhaus ganz friedlich.

Der Sturzregen wurde im Haus kaum wahrgenommen. Nur Herr Kaiser warf einmal einen kurzen Blick aus dem Fenster und verzog das Gesicht:

„Da möchte ich jetzt nicht draußen rumlaufen…", murmelte er.

Herr Bruchsaal und seine Mitjogger konnten nun nicht mehr joggen, sie tasteten sich vorsichtig durch das Dunkel. Herr Bruchsaal hatte sein Handy nicht dabei, mit dem er hätte leuchten können, da der Akku desselbigen leer war und seine Schüler hatten natürlich keine dabei, da sie diese, wie immer bei schulischen Veranstaltungen, vorher hatten abgeben müssen.

Die Jogger überhäuften ihren Anführer vermutlich im Stillen mit unschönen Beschimpfungen und verwünschten sich selbst dafür, dass sie sich als sportlich genug gesehen hatten, Herrn Bruchsaal auf seinem kleinen Trip zu begleiten. Wenn sie vorhin schon aus ihrer Komfortzone raus waren, dann waren sie spätestens jetzt in der Frustrationszone angekommen. Auch die gute Laune des Lehrers war flöten gegangen. Zweimal bogen sie im Dunkeln falsch ab und merkten es erst, als sie schon mindestens fünf Minuten auf Abwegen waren. Endlich fanden sie den richtigen Weg und es kam die flackernde Straßenlaterne am Ende der Straße in Sicht. Kurz darauf erreichten sie, klitschnass und halb durchgefroren, wieder das Schulhaus.

Nachdem sie Frau Valea nach unten geklingelt hatten, da irgend ein Trottel die Türe schon abgeschlossen hatte, stürzten sie geradezu ins warme, trockene Schulhaus. Allerdings war es mit der Trockenheit im Schulhaus nun auch schnell vorbei, da Herrn Bruchsaals Joggertruppe im Treppenhaus eine nasse Spur hinterließ.

Der Abend ging unaufhaltsam weiter, während es draußen stürmte, regnete, blitzte und donnerte, als würde die Welt untergehen.

Schüler und Lehrer bereiteten sich nun langsam auf die Nacht vor. Die Mädchen wurden auf die Zimmer der Klassen 5/6 und 3/4 aufgeteilt und die Jungs breiteten sich im restlichen Gebäude aus. Bald war der Boden in allen Räumen, mit Ausnahme des Lehrerzimmers, mit Isomatten und Schlafsäcken übersät. Die Lehrer meinten, sie würden, um alle Schüler gleichzeitig bewachen zu können, ihre Lager im Gang aufschlagen.

Gegen Mitternacht passierte etwas sehr Seltsames, was sonst fast nie an dieser Schule passiert: Es kehrte Ruhe ein!

Allerdings nur auf den ersten Blick. Die Insassen des Gebäudes hatten sich zwar auf den Matratzen verteilt und waren im Begriff einzuschlafen, aber eine geruhsame Nacht sollte es beim besten Willen nicht werden!

Die erste Störung kam gegen zwei Uhr nachts, als plötzlich ein lauter Aufschrei aus zwei Kehlen durch das ganze Gebäude hallte.

Ganz eindeutig kam dieser aus dem Flur.

Sofort waren eine Menge Schüler wach. Einige ängstliche Mädchen aus der fünften Klasse verkrochen sich verschreckt in ihre Schlafsäcke, da sie glaubten, draußen schleiche ein Axtmörder oder so etwas ähnliches herum. Die meisten anderen, darunter auch Sascha, Ben und Felix, waren im Nullkommanix draußen auf dem Flur und begutachteten die Lage. Um die anderen Schüler nicht auch noch aufzuwecken, hatte niemand Licht gemacht, deshalb konnte man das Szenario nur im schwachen Zwielicht einer Taschenlampe bewundern. Der Aufschrei war von Herrn Bruchsaal und von Frau Meyer ausgegangen. Die beiden schliefen wie alle Lehrer auf dem Flur. Herr Bruchsaal war aufgewacht und hatte das dringende Verlangen verspürt, ein stilles Örtchen aufzusuchen. So tastete er sich durch das Dunkel des Flurs. Unglücklicherweise lag Frau Meyer ihm im Weg, so dass er über ihre Füße stolperte und direkt auf sie drauf fiel. Frau Meyer schreckte aus ihrem Schlaf hoch, weil etwas Schweres auf sie plumpste. Sie war natürlich nicht so begeistert über männliche Kollegen, die nachts auf ihren Bauch fallen und stieß einen Schreckensschrei aus. Simultan mit Herrn Bruchsaal, welcher allerdings aus Schmerzen schrie, da er versucht hatte, sich mit seiner rechten Hand abzufangen, und dabei abgerutscht war und sie umgeknickt hatte. Möglichst geräuschlos versuchten die beiden Lehrer die Schüler zu beruhigen und wieder in ihre „Betten" zu schicken. Die Schüler gehorchten erstaunlich schnell den Befehlen der Schulleitung und verschwanden wieder in den Klassenräumen, um weiterzuschlafen.

Herr Bruchsaal flüchtete schnell auf die Toilette und schlich sich, als er fertig war, seeeeehr vorsichtig wieder zurück zu seinem Schlafplatz.

Die wieder eingekehrte Ruhe dauerte nicht lange an.

Frau Meyer war kurz davor wieder einzuschlafen, als plötzlich Bessie, eine Einserschülerin aus der fünften Klasse, leise aus dem Schlafzimmer der Mädchen schlich und flüsterte: „Frau Meyer? Sind Sie noch wach?"

– „Ja doch! Was ist?" antwortete Frau Meyer ziemlich genervt, ebenfalls im Flüsterton.

„Frau Meyer, kommen Sie schnell, Jaqueline redet im Schlaf irgendwelchen Unfug!", erwiderte Bessie leise, „erst hat sie irgendwie über Fleischsalat, Schweinebraten und Rumpsteak gesprochen, danach forderte sie recht laut Parmaschinken und jetzt hat sie mehrfach geflucht!"

„Regelt das unter euch", meinte die Schulleiterin und drehte sich demonstrativ in die andere Richtung, um wenigstens noch ein bisschen Schlaf abzubekommen.

Bessie zuckte mit den Schultern, wandte sich dann um und tastete sich zurück ins Zimmer.

Kaum hatte sie die Türe hinter sich geschlossen, hörte man von der anderen Seite des Flures einen gedämpften Schrei. Sascha, der auf dem Weg zur Toilette war, hatte Herrn Bruchsaal, der auf seiner Matratze schon wieder kurz davor war einzuschlafen, übersehen und war über ihn gestolpert. Herr Bruchsaal hatte geistesabwesend seine Hand dem fallenden Schatten entgegen gestreckt und sich beim Aufprall desselben auch noch die andere Hand verstaucht.

Die Lehrer mussten die Entscheidung, auf dem Gang zu schlafen, bitter bereut haben.

Alle halbe Stunde fiel im Dunkeln irgendwer über irgendwen oder trat jemandem in den Bauch. Erst gegen vier Uhr morgens hörte das Gelaufe, Gestolper und Getrete auf und alle bekamen ihren wohlverdienten Schlaf. Doch nicht allzu lange…

AM NÄCHSTEN MORGEN:

Die unruhige Nacht fand ein ebenso unruhiges wie plötzliches Ende, als um sechs Uhr morgens das schrille Piepen des Feuermelders sowohl uns Schüler als auch die Lehrer sehr unsanft weckte.

Der Grund dafür war, so stellte sich später heraus, Herr Bruchsaal, der in der Küche versucht hatte, mit dem alten Toaster, dem sogenannten „Brandopferaltar", zum Frühstück Toasts zu machen. Der Versuch war kläglich gescheitert und das Gerät hatte selbstständig seine Toasts quasi „als Brandopfer dargebracht". Übrig blieb nur ein Haufen ungenießbarer, schwarzer Kohle und eine dicke, schwarze Qualmwolke.

Die meisten Schüler waren Herrn Bruchsaal den restlichen Tag über böse. Nicht nur, dass sie deswegen unglaublich früh geweckt worden waren, nein, die Lehrer hatten uns todmüde und im Schlafanzug aus Sicherheitsgründen ins Freie geschickt und uns mindestens fünf Minuten bei eisigen null Grad Celsius draußen warten lassen. Wenn hier mal keiner eine Erkältung davonträgt...

Kein Wunder, dass wir die Augen kaum offen halten konnten, während wir unsere Sachen packten und unsere Klassenzimmer aufräumten. Herr Kaiser ging durch die Räume, um hier und da wieder auf den Tischen oder Stühlen eingenickte Grundschüler zu wecken. Um zehn Uhr durften wir endlich gehen, um zu Hause den Schlaf nachzuholen, den wir versäumt hatten.

Freitag, 21. Dezember
Poolparty und Tortenbuffet

E ndlich ist er da! Der ersehnte letzte Schultag vor den Weihnachtsferien.

Eigentlich ist „Schultag" ja schon eine Übertreibung. Es fand heute kein richtiger Unterricht mehr statt. Stattdessen gab es Klassenfrühstück und Gesellschaftsspiele.

Herr Kaiser und seine fünfte und sechste Klasse hielten einen Backwettbewerb mit Tortenbuffet ab, die Grundschüler schauten einen Film an und spielten Brettspiele gegen ihre Klassenlehrerin und Herr Bruchsaal hatte sich für die Neunten und Zehnten etwas ganz Abstraktes einfallen lassen: Eine Strandparty mit Cocktails, Gummipalmen und, wie wir heute Morgen sahen, sogar mit einem aufblasbaren Planschbecken im Klassenraum.

Und was ist mit uns? Der 7./8. Klasse?

Herr Wolf kam gestern in der Vesperpause in unsere Klasse und teilte uns mit, wir seien groß genug, das Ganze morgen alleine zu organisieren, da müsse er als Klassenlehrer sich nicht auch noch daran beteiligen.

Sprach´s und verschwand.

Felix und Ben, die nicht nur die achte Klasse bilden, sondern auch noch Klassensprecher unsrer Klasse sind, versuchten ihr Bestes, damit wir wenigstens irgendwas zu essen hätten. Am Ende erklärte sich Sascha bereit, Pizza mitzubringen (Pizza zum Frühstück?) und Andreas meinte, er könnte mal versuchen, Plätzchen zu backen…

AM NÄCHSTEN TAG:

„Ich habe schon gedacht, dass ihr das nicht alleine hinkriegt!", sagte Herr Wolf, als er heute Morgen bei uns ins Klassenzimmer kam.

Wir hatten unsere Schultische notdürftig zu einer Art Speisetafel zusammengeschoben. Nun standen wir da und blickten unseren Klassenlehrer leicht irritiert an.

Herr Wolf, der gestern noch so felsenfest von uns überzeugt gewesen war, dass er es nicht für notwendig hielt, sich als Lehrer an unserem Klassenfrühstück zu beteiligen, sagte nun, er habe schon gedacht, dass wir das nicht alleine auf die Reihe kriegten? Gut, er hatte schon irgendwie recht. Also, damit, dass wir das nicht wirklich hinkriegen würden.

Eine Dose selbstgebackene Plätzchen und fünf bereits kalt gewordene Pizzen vom örtlichen Italiener sind nicht wirklich ein organisiertes Frühstück – da half es auch nichts, dass auch Herr Wolf Plätzchen mitgebracht hatte.

So kam es, dass bei uns, trotz einem großen Haufen Weihnachtsplätzchen keine wirkliche Weihnachtsstimmung aufkam. Wir aßen eine Weile recht ruhig von dem, was da war.

„Können wir einen Film anschauen?", fragte Leander in die Stille hinein.

„Wenn ihr einen anschauen wollt, kann ich euch gerne einen aussuchen", erwiderte Herr Wolf.

Ein zustimmendes Gemurmel ging durch die Klasse und so zog Herr Wolf seinen Laptop heraus und hatte nach fünf Minuten auch schon einen gefunden, von welchem er sagte, er sei sicherlich sehr interessant. Er schickte Leander und Sascha in die neunte und zehnte Klasse, um von dort die alte, etwas zerschlissene Leinwand für die Tafel zu besorgen. Er selbst ging auf den Gang, um aus einem Schrank den Beamer zu holen. Er war eine halbe Minute später schon wieder im Klassenzimmer, um den Beamer aufzustellen und in Gang zu bringen. Leander und Sascha allerdings brauchten deutlich länger, die Leinwand für die Tafel aus der Klasse 9/10 zu holen.

Ben, der von Herrn Wolf nach zehn Minuten (solange hatte Herr Wolf gebraucht, um den Beamer
einzuschalten) geschickt wurde, um die beiden zurück zu rufen, kam auch nicht wieder und so musste unser Klassenlehrer selbst gehen und nachsehen,
ob die drei Schüler noch am Leben waren.

Sie lebten noch und erfreuten sich bester Gesundheit. Die Drei hatten die Gelegenheit genutzt, um
etwas von der Strandparty der oberen Klassen zu
schmarotzen. Nun wurden sie recht abrupt durch
das plötzliche Erscheinen von Herrn Wolf zurück in
die Realitäten ihres Jahrgangs gestoßen.

Als Herr Wolf wieder ins Klassenzimmer kam,
folgten ihm Leander, Ben und Sascha, die auch die
zerschlissene Tafelleinwand trugen und umständlich aufstellten.

Herrn Wolfs spontane Filmentscheidung war nicht
sonderlich unterhaltsam. Er hatte eine sehr lange
und sehr langweilige Dokumentation über die Ent-
stehung von Schnee rausgesucht. Kaum lief der
Film ohne Probleme, ging unser Klassenlehrer auch
schon aus dem Zimmer und verschwand. (Vielleicht hatte er ja selbst keine Lust auf seinen Film
und wollte den Ort aufsuchen, an dem er vor zwei
Minuten Leander, Sascha und Ben entdeckt hatte,
wer weiß?)

Der Streifen war hochwissenschaftlich, komplex formuliert und wirklich nicht sehr interessant.

Sascha legte seinen Kopf auf den Tisch und produzierte durch die Nase laute, rasselnde Schnarchgeräusche, um seine Langeweile zu bekunden. Leander schlich sich nach vorne und klickte an Herrn Wolfs Laptop den Film einige Minuten vor.

Schnell war es Sascha zu langweilig, den Schnarchenden zu spielen, er schnappte sich das große Magnetlineal, das Herr Kaiser in Mathe immer an der Tafel verwendete und stieg auf seinen Tisch. Er hielt das Lineal wie ein Gewehr vor sich und zielte auf den Reporter auf der Leinwand, der gerade einen hochwissenschaftlichen Professor, der hochwissenschaftlich über hochwissenschaftliche Themen sprach, interviewte. Leander sprang sofort auf die Idee an und folgte Saschas Beispiel. Er griff zum anderen, schon etwas labileren Lineal. Kurz darauf befand sich unsere Klasse mitten im Krieg zwischen dem deutschen Militär (verkörpert von Sascha und Leander), das hinter ihrem Wehrwall (den Schultischen) lag und auf die Feinde lauerte (welche wohl die Wissenschaftler auf der Leinwand waren).

Als Waffen dienten die beiden Tafellineale und als Geschosse der Tafelschwamm, der immer wieder an die Leinwand geworfen und darauf sofort wieder eingesammelt und von Ben zurückgeworfen wurde.

Die Wissenschaftler auf der Leinwand schien dieser Zustand nicht im geringsten zu interessieren – sie unterhielten sich nämlich ungestört über die technische Relevanz von mikrobiologischen Molekülen und Wasseratomen für die Kristallisierung von weiß der Geier was. Sascha meinte, dahinter verstecke sich sicherlich bloß eine Kriegslist und wir sollten lieber vorsichtig sein.

Felix und ich waren das auch – Andreas schien allerdings nicht viel davon zu halten, da er geduckt auf seinem Stuhl saß und resigniert den Kopf schüttelte.

Immer wieder sauste der Tafelschwamm hin und her. Die Inneneinrichtung des Klassenzimmers wurde mehr und mehr in Mitleidenschaft gezogen, aber das schien keinen wirklich zu stören.

Bis auf Herrn Wolf, welcher leider rein gar nichts von dieser Art von Kriegsführung hielt. Er kam gerade in dem Moment wie eine wütende Wespe in die Klasse gestürmt, als die „Deutsche Armee" gerade einen neuen Offensivangriff wagte.

– „Warum höre ich euch bis ins Lehrerzim…", begann er, unterbrach sich allerdings selbst, als er sah, wie Sascha und Leander mit schussbereit angelegten Linealen auf den Tischen standen und auf die Tafel zielten. Ben, der bis eben noch vor der Tafel gestanden hatte, hatte sich in letzter Sekunde mit einem Hechtsprung unter den Lehrertisch gerettet und war somit vorerst für den erbosten Lehrer unsichtbar.

Wir anderen versuchten fieberhaft, ein Lachen zu unterdrücken. Sascha und Leander starrten Herrn Wolf an, dieser starrte genau so zurück.

Schweigen.

Unser Lehrer schien innerlich zu kochen, es aber noch nicht herauslassen zu wollen.

Irgendwie konnte ich ja verstehen, dass er nicht wollte, dass in seiner Klasse Krieg gegen Wissenschaftler und Meteorologen geführt wurde, aber was hatte er denn erwartet, als er hier herein kam? Dass wir alle artig und leise auf unseren Plätzen hocken? Wenn man uns bis ins Lehrerzimmer hören konnte, dann sicher nicht!

„Okay, Schluss!", rief er schließlich aus, „ihr habt euren Spaß, wie ich sehe, schon gehabt!"

Damit ging er zu seinem Laptop und zog das Kabel aus dem Beamer.

„Schluss für heute! Wenn ihr nicht mit dem zufrieden seid, was ich für euch mache, dann beschäftigt euch alleine!" sagte er noch, dann drehte er sich um und verschwand aus dem Zimmer.

Leander und Sascha standen immer noch wie begossene Pudel auf den Tischen und Ben lag unter dem Lehrertisch, scheinbar heilfroh, nicht entdeckt worden zu sein. Er kroch, als er sicher war, Herr Wolf würde so schnell nicht wiederkommen, aus seinem Versteck heraus. Auch Sascha und Leander kletterten von den Tischen herab und verließen schnell das Klassenzimmer, um sich unter die anderen Schüler zu mischen.

Ben und ich schlossen uns ihnen an und zuletzt folgten uns auch noch Felix und Andreas.

Sascha ging zu 5/6 ins Zimmer, um deren Tortenbuffet leer zu essen. Ben, Felix und Leander verschwanden recht schnell in der Klasse 9/10, wo Herr Bruchsaal inzwischen in dem kleinen aufblasbaren Planschbecken mit Klamotten baden gegangen war und dafür sorgte, dass die gepuderten und geschminkten Mädels aus der Zehnten auch eine kleine, entspannende Schwimmstunde einlegten.

Andreas und ich pendelten zwischen beiden Zimmern hin und her und bekamen so auch mit, wie Sascha an Nola heimlich den Rest von einem klebrigen Tortenstück, welches ihm offensichtlich nicht schmeckte, verfütterte und wie Leander, der eigentlich Senta aus der Zehnten ins Wasser schubsen wollte, als diese überraschend einen Schritt zur Seite trat, selbst ins Wasser fiel.

„So, jetzt räumt ihr bitte alle eure Klassenzimmer auf und dann dürft ihr in die Ferien!" verkündete Frau Meyer auf dem Gang.

Sofort begann ein großes Gewusel auf dem Flur, da nun ein Haufen Schüler zurück in die eigenen Klassen strömte, um möglichst schnell alles möglichst sauber aufzuräumen, um wiederum möglichst bald in die Ferien zu dürfen. Auch Andreas und ich machten uns auf den Weg in unseren Klassenraum. Unterwegs trafen wir auf die anderen.

Felix guckte in die Runde und meinte grinsend: „Mensch, bin ich froh, dass wir jetzt keine Strandparty aufräumen oder den ganzen Dreck vom Tortenbuffet wegräumen müssen!"

Wir nickten zustimmend – somit hatte unser Klassenfrühstück ja auch etwas Gutes!

Als wir in unser Klassenzimmer kamen, bemerkten wir zuerst Simon-Raffael, einen sehr gebildet wirkenden, etwas seltsamen Jungen aus der Zehnten. Er beugte sich äußerst interessiert über den Laptop, den Herr Wolf bei seinem wütenden Abgang im Klassenraum stehen gelassen hatte, und schaute mit hochwissenschaftlicher Miene der hochwissenschaftlichen Dokumentation über die Hochwissenschaft zu, die zum Glück gerade zu Ende ging, sonst hätten wir ihn wahrscheinlich davon nicht wegbekommen…

Kapitel IV:

Halbzeit

Kurz nach Weihnachten beginnt er,
heimtückisch und kalt – der Winter,
doch das lässt Lehrer und Schüler kalt,
denn der Stress in der Gestalt
des Halbjahresabschlusses kommt ja bald.

Montag, 7. Januar

Eine neue alte Schülerin

Ferien haben einen sehr großen Nachteil: Sie sind immer viel zu schnell wieder vorbei. So auch die Weihnachtsferien.

Das neue Kalenderjahr hatte gerade erst begonnen und so war ja zu hoffen, dass die Lehrer einige gute Vorsätze für das neue Jahr hatten.

Einen guten Vorsatz hatten sie über die Ferien offensichtlich bereits in die Tat umgesetzt:

Der Teppichboden war weg.

Stattdessen war jetzt der nackte Betonboden zu sehen. Der billige Linoleum-Ersatz, den die Schule bestellt hatte, sollte erst in drei Wochen kommen.

Bis Ende Januar wollte Herr Bruchsaal den dann verlegt haben. So weit, so gut.

Aus „krankheitsbedingten Personalmängeln", wie Frau Meyer es ausdrückte, gab es heute einige Umstellungen des Stundenplans. So hatten wir in den ersten zwei Stunden Englisch mit Herrn Kaiser. Dieser kam zu unserer Überraschung mit Sara Valea in das Klassenzimmer.

Sara Valea war im Winter letzten Schuljahres aufs Gymnasium gewechselt, da sie für die Realschule zu schlechte Noten schrieb. Fragen Sie mich nicht, wie sie das hinbekommen hat.

Wie Herr Kaiser uns erzählte (nachdem er wieder einen neuen Tafelschwamm besorgt hatte. Der alte war schon wieder unter mysteriösen Umständen verschwunden...), waren Saras Noten – Überraschung! – auch fürs Gymnasium zu schlecht. So war sie nun wieder bei uns gelandet.

Sara wurde auf den einzig freien Sitzplatz, den Herr Wolf schon lang einmal besetzen wollte (aber nie einen Freiwilligen dafür gefunden hatte), gesetzt. Es war der Platz in der hintersten Reihe, direkt zwischen Leander und Sascha. Ein Pech für sie – denn gerade die beiden konnte Sara, was allgemein bekannt war, nicht ausstehen.

Sie schien es nicht sonderlich erbaulich zu finden, zwischen zwei Bengeln sitzen zu müssen, die sich ständig in den Haaren liegen, egal ob man dazwischen sitzt oder nicht. (Nachvollziehbar! Ich denke mal, keiner will gerne als lebende Pufferzone eingesetzt werden...)

So kam es, dass Sara eine Diskussion begann, warum sie genau diesen Sitzplatz bekommen habe, und dass sie es ungerecht finde und so weiter. Herr Kaiser stoppte die Diskussion sehr schnell mit einem altbewährten Konzept: Er lehnte jegliche Verantwortung ab.

– „Ich bin dafür nicht zuständig!", sagte er, „Herr Wolf ist euer Klassenlehrer, der ist für die Sitzordnung verantwortlich. Klärt das bitteschön mit ihm!"

Danach hieß er Sara herzlich willkommen zurück in ihrer alten Klasse. Er fragte sie interessiert, wie ihr Exkurs am Gymie denn gewesen sei.

Sie erwiderte knapp, mit einem Seitenblick hinüber zu Sascha: „Besser als hier!!!"

– „Ihr werdet ab morgen einen neuen Lehrer in Deutsch haben. Herr Stavning, euer Deutschlehrer, ist für 3 Monate auf Kur. Er muss sich scheinbar von euch erholen…", gab Herr Kaiser am Ende seiner Englischstunde bekannt. „Ich hoffe, ihr kommt mit der Vertretung, einem gewissen Herrn Lettenbichler, gut zurecht und benehmt euch auch entsprechend." –

„Herr Kaiser, ich hab' da mal 'ne Frage", meinte Sara, „warum darf Herr Stavning sich eigentlich einfach so freinehmen und eine Vertretung in die Schule schicken und wir dürfen das nicht?"

Herr Kaiser grinste „Eine himmelschreiende Ungerechtigkeit, was?"

132

Dienstag, 8. Januar

Herr Lettenbichler erlebt sein blaues Wunder

Ja, es stimmt! Eine himmelschreiende Ungerechtigkeit ist es, dass Lehrer Vertretungen für sich in die Schule schicken dürfen und wir Schüler dürfen es nicht! Aber wenn ich mir eine Vertretung in die Schule schicken würde, würde ich sie mir besser aussuchen.

Sascha und Leander machten sich in der Vesperpause auf den Weg, um herauszufinden, wie Herr Lettenbichler, unser Vertretungslehrer, denn so tickt. Sie befragten die Klassenstufen neun und zehn, welche heute schon eine Doppelstunde mit ihm gehabt hatten. Als sie zurückkamen, sahen sie nicht besonders begeistert aus.

„Es ist nicht gerade erbauend, was die 9./10. so erzählt…" verkündete Leander, als er zurückkam.

„Du untertreibst!!! Es wird eine reine Katastrophe werden", rief Sascha theatralisch aus, als er direkt nach Leander das Klassenzimmer betrat.

Sascha neigt zu Dramatik und Übertreibungen, meist ist alles, was er erzählt, halb so wild.

Doch in diesem Fall sollte er ausnahmsweise mal gar nicht so falsch liegen.

„Janine und Senta aus der Zehnten haben gesagt, er gönne seinen Schülern zwischen der Doppelstunde keine Pause", berichtete Leander.

– „Außerdem ist er humorfeindlich eingestellt!", posaunte Sascha heraus. „Er hat der Neunten und Zehnten ziemlich klar zu verstehen gegeben, dass er keine Witze, lustige Einfälle oder Streiche von ihnen möchte."

Die Klasse schwieg betroffen – das klang nach einem Schlag ins Gesicht. Unsere Klasse ohne Witze und Streiche – wie soll das denn bitteschön gehen? Es ist immer blöd, wenn Lehrer keinen Humor verstehen. Wirklich schlimm ist es aber erst dann, wenn ein Lehrer so unsicher ist, dass er gleich zu Beginn Humor vonseiten der Schüler verbietet.

Sascha sagte irgendwann einmal, wohl in einem Anflug von Weisheit: „Wenn man schon nichts lernt, so soll man es dabei wenigstens lustig haben."

– Recht hat er!

Wir überlegten, wie wir mit Herrn Lettenbichler bloß fertig werden sollten. Felix meinte, vielleicht sei er nur halb so schlimm, Leander hingegen, der sich auf dem Flur kurz mit ihm unterhalten hatte, beteuerte allerdings, dass die Neuner und Zehner sicher nicht gelogen hatten.

„Ich hab ihm einen meiner Lieblingswitze erzählt und er hat kein kleines bisschen gelacht! Ich glaub, er hat ihn nicht mal verstanden", beschwerte er sich bei uns anderen, „dabei hab ich mich danach fast kaputtgelacht…"

Plötzlich ging ein fieses Grinsen über Saschas Gesicht.

„Wenn er keinen Humor von Schülern versteht, machen wir eben einen Streich, der nur für uns lustig ist", sagte er, „und wenn er für lustige Späße nicht zu haben ist, machen wir eben keine lustigen, sondern gemeine – so eine Gelegenheit, einen Lehrer auf die Schippe zu nehmen, kommt nie wieder. Wer macht mit?"

Keiner hatte auch nur die geringste Ahnung, was Sascha jetzt schon wieder für eine verrückte Idee hatte, aber eines stand fest: Herr Lettenbichler sollte sich besser warm anziehen! Die ersten Hände, die sich nach Saschas Frage hoben, waren die von Leander und Ben. Wir anderen folgten zögerlich. Als Sascha sah, dass die Klasse seiner Idee zustimmte, lachte er frech auf: „Herr Lettenbichler wird sein blaues Wunder erleben!"

Mit diesen Worten drehte er die Wasserflasche, die er in der Hand hielt auf und kippte sie in den Becher mit Tafelkreide.

„Dieses war der erste Streich, doch der zweite folgt zugleich", meinte er vergnügt, „ich werde euch nun meinen Masterplan für diese Stunde erläutern…"

Kurze Zeit später saßen wir alle brav auf unseren Plätzen und warteten auf den Vertretungslehrer. Sascha und Sara hatten sich den Weihnachtsschmuck, den Herr Wolf auf unser Fensterbrett gestellt hatte, geschnappt und bearbeiteten ihn, um sich die Zeit zu vertreiben und das Warten zu verkürzen. Sascha schnitt mit der Schere von einem kleinen Deko-Stern aus leichtem Gips die Zacken ab und Sara rundete mit ihrer Nagelfeile einen großen Holzstern ab (jawohl, richtig gelesen – Sara hatte, wie fast jeden Tag ein großes Nagelpflegeset dabei. Der Grund dafür ist mir schleierhaft…). Es war ein sehr friedliches Bild, das sich Herrn Lettenbichler bot, als er das Klassenzimmer betrat. Es sah gar nicht nach dem sonst so gefürchteten „Harmagedon" aus.

Wir saßen alle still und brav auf unseren Plätzen und schienen musterschülerhaft auf den Lehrer zu warten. Herr Lettenbichler schien positiv überrascht zu sein.

„Guten Morgen", begrüßte er uns.

Wir erwiderten diese Begrüßung so motiviert, wie es noch nie der Fall gewesen war.

Herr Lettenbichler stellte sich uns kurz vor und wiederholte seinen Satz, von wegen „lustiger Späße" und so, beinahe wortwörtlich.

„Ich kenne euch ja noch überhaupt nicht, deshalb bitte ich euch, dass ihr euch mir kurz vorstellt. Du da hinten", er deutete auf Leander, „fang an!"

„Felix", stellte Leander sich vor.

Sara war als nächstes an der Reihe, ihren Namen zu nennen.

„Ich bin Brigitte, die Neue", meinte sie.

Die Reihe ging weiter. Herr Lettenbichler kannte keinen von uns und schöpfte daher nicht den geringsten Verdacht. Wir schafften es tatsächlich, weiterhin den Eindruck zu erwecken, wir seien Musterschüler. (Einigen von uns fiel es selbstredend seeehr schwer).

Nachdem die Vorstellungsrunde abgeschlossen war und Herr Lettenbichler uns alle unter falschem Namen kennen gelernt hatte, legte er mit seinem Unterricht los.

„Ein Vögelchen hat mir gezwitschert", begann er, „dass ihr euch zuletzt mit Gedichtinterpretation beschäftigt habt."

Er wollte seiner Ausführung eigentlich noch etwas hinzufügen, doch Leander, alias Sascha, fiel ihm ins Wort und bemerkte: „Das muss aber ein schlaues Vögelchen gewesen sein, Herr Städtensichler".

Herr Lettenbichler hatte scheinbar nicht kapiert, was der, den er für Leander hielt, damit sagen wollte, daher blickte er ihn leicht pikiert an.

„Mein Name ist Lettenbichler", sagte er dann leicht irritiert, „,LET-TEN-BICH-LER' – warte, ich schreibe es kurz an die Tafel!"

Daraufhin griff er beherzt in den Becher am Lehrerpult, der sonst immer bis obenhin gefüllt war mit Tafelkreide. Doch anstatt fester Kreide bekam Herr Lettenbichler bloß eine ekelhafte Pampe aus Wasser und Kreide zu fassen.

Nachdem er einen Laut des Ekels ausgestoßen hatte, blickte er die Klasse streng an und sagte empört: „Das war doch sicher einer von euch! Schämt euch! Einen Lehrer so hereinzulegen. Wer war das?"

Sascha, alias Leander, meldete sich: „Ich war's, Herr Fettenstichler."

Herr Lettenbichler nahm das Klassenbuch und begann, darin zu schreiben.

Sascha schien sich ins Fäustchen zu lachen, da er zwar die Wahrheit gesagt hatte, doch Leander dafür bestraft wurde. Dieser hingegen schien innerlich zu kochen und machte, als Herr Lettenbichler gerade wegsah, eine obszöne Geste in dessen Richtung, ansonsten blieb er jedoch ruhig.

Herr Lettenbichler fasste mit angeekeltem Blick in den Kreidematsch und schrieb mit den Fingern seinen Namen an die Tafel. Groß und sehr krakelig stand nun der Name „*Lettenbichler*" an der Tafel.

Doch das war erst der Anfang der Stunde – und es wurde nicht besser für Herrn Lettenbichler.
Wir verhielten uns zwar weiterhin wie Musterschüler, trotzdem schienen wir nicht zu begreifen, wie sein Nachname richtig ausgesprochen wurde. Er wiederum begriff nicht, warum wir alle so gute Laune hatten und immer das Kichern begannen, wenn er Sara mit Brigitte aufrief.

„Felix und Brigitte", rief Herr Lettenbichler.
Leander und Sara horchten auf.
„Würdet ihr bitte in den anderen Klassen nach Tafelkreide fragen? Wenn ihr da nichts findet, dann schaut im Lehrerzimmer nach!"
Die beiden nickten, standen auf und gingen. Es gibt eine Gesetzmäßigkeit, die besagt: wer nichts finden will, der wird auch nichts finden und sollte noch so viel zu finden sein...
Die Zwei brauchten recht lange, bis sie wieder ins Klassenzimmer zurückkamen. Sie sagten, es gäbe keine Kreide mehr. In den anderen Klassenzimmern nicht und auch nicht vor dem Lehrerzimmer.

Sie spielten so glaubwürdig die Musterschüler, dass Herr Lettenbichler ihnen ohne weiteres glaubte und seine umfangreichen Tafelanschriften während des ganzen Unterrichts mit der Hand machte. Damit der Kreidematsch nicht eintrocknete, reichte Sara hilfsbereit ihre Wasserflasche nach vorne, die Ben geschickt in den Becher goss, als Herr Lettenbichler nicht hinschaute.

Ben schlug im Lauf der Stunde, als Herr Lettenbichler mal wieder die Augen verdrehte, da Leander ihn „Herr Städtensichler" genannt hatte, vor, dass wir ihn einfach „Lettie" nennen sollten, was Herrn Lettenbichler allerdings noch weniger gefiel, als all die kreativen Namensvariationen.

Den Titel „Weltmeister im Erfinden dummer Fragen" (worin wir ja schon immer an der Weltspitze waren…) kann uns nach dieser Deutschdoppelstunde wohl niemand mehr nehmen. Zum Beispiel fragte Sascha Herrn Lettenbichler eiskalt, ob Vegetarier bei einer Gedichtinterpretation auch Tiergedichte *auseinandernehmen* dürften.

Am Ende der Stunde verließ Herr Lettenbichler recht schnell und scheinbar etwas verwirrt den Raum. Wir Schüler schafften es noch knapp eine halbe Minute still und gesittet sitzen zu bleiben, dann konnten wir uns nicht mehr halten und brachen in schallendes Gelächter aus.

Herr Kaiser kam, angelockt durch das Lachen in unser Klassenzimmer. Er stand in der Tür, grinste und schüttelte langsam den Kopf.

„Darf ich fragen, was der Grund für eure Heiterkeit ist?", fragte er in die Klasse.

„Fragen Sie Herrn Lettenbichler danach!", erwiderte Sascha ihm.

Herr Kaiser grinste, nickte wissend und verließ kopfschüttelnd den Raum. Wie die Vorschrift von uns verlangte, gingen wir hinaus auf den Pausenhof in die große Pause.

Beim Rausgehen sagte Sascha noch: „Herr Lettenbichler hat sein blaues Wunder erlebt – und er hat noch nicht mal eine Ahnung wie. Ich habe kaum gedacht, dass ich das jemals sagen würde, aber ich freu' mich schon auf die nächste Stunde!"

Oh ja, das kann wirklich heiter werden, wobei der arme Kerl einem auch ein bisschen Leid tun kann…

Mittwoch, 6. Februar
Der Tag der offenen Tür

Es gibt einen Tag im Jahr, an dem sich jeder, der in der kleinen Stadt, in der unsere Schule liegt, nichts Besseres zu tun hat, auf den Weg macht, um sich unsere Schule anzuschauen. Das ist der „Tag der offenen Tür", der jedes Jahr an einem Mittwoch Anfang Februar stattfindet.

Wie immer legten sich die Eltern auch dieses Jahr mächtig ins Zeug, um die Schule glänzen zu lassen. Der Elternbeirat wird mehrere Bastelzimmer einrichten und dafür sorgen, dass genügend Torte da ist, um im Notfall die ganze Stadt satt zu machen. Normalerweise bietet sich auch irgendjemand an, Kinderschminken zu organisieren, so dass nach einer halben Stunde die ganze erste und zweite Klasse, sowie einige Schulaufnahmeanwärter wie Fabelwesen aussehen und allen begeistert erklären, was die Farbkombination in ihrem Gesicht denn darstellt.

Alle Schüler müssen natürlich da sein. Anwesenheitspflicht – gab es früher hier nicht, aber seit einigen Jahren muss jeder Schüler mit seiner Anwesenheit dazu beitragen, dass noch weniger Platz in dem kleinen Schulhaus ist. Die meisten von ihnen bringen zu alldem auch noch Eltern, kleine Geschwister und wenn es hochkommt auch noch Freunde mit.

Man kann sich an diesem Nachmittag am Kuchenbuffet anstellen und sich im überfüllten Flur zwischen schwatzenden Elternvertretern, kichernden Lehrerinnen, genervten Schülern und fremden Besuchern hindurchdrängeln – das war's dann auch schon.

Für die Lehrer mag das einer der Höhepunkte des Schuljahrs sein. Für mich sicherlich nicht.

Immerhin hat Herr Bruchsaal in Anbetracht der Tatsache, dass sich die halbe Stadt im Schulhaus versammeln wird, endlich die Zeit gefunden, einen billigen Linoleum-Ersatz zu kaufen und im Schulhaus zu verlegen. Optisch unterscheidet sich der neue Bodenbelag allerdings kaum vom unbelegten Betonboden, da die einzige Farbe, die der Baumarkt noch hatte, betongrau mit einem Stich mausgrau gewesen war. Was heißt: ein Boden, der ausschaut, als wäre er kein Boden. Eigentlich eine bodenlose Frechheit! Aber immerhin ein Boden…

Wenn auch mit über zwei Monaten Verspätung!

Doch zurück zum Thema:

Ein offensichtlicher Fehler bei der ganzen Sache mit dem „Tag der offenen Türe" ist, dass alle Besucher außer den Räumen nicht viel von der Schule, den Lehrern und den Schülern und deren Arbeit zu sehen kriegen.

Das hat der Elternbeirat scheinbar vor etwa einer Woche angesprochen, da er das nicht ganz so prickelnd findet, den ganzen „Tag der offenen Tür" organisieren zu müssen.

Frau Meyer kam dann die Idee, einen Imagefilm zu produzieren, der am „Tag der offenen Tür" gezeigt werden soll. Nur leider hatte sie weder das Equipment dazu, noch das Geld und die Zeit, um einen Profi zu engagieren. Und so fiel die Wahl auf mich.

– Warum? Ich bin Hobbyfilmer.

Eine wirklich tolle Aufgabe, hätte ich die Info nur nicht ganz so spät bekommen – zwei Tage vor dem „Tag der offenen Tür".

Also bin ich in den letzten zwei Tagen mit Camcorder, Mikrofon, Objektiv und anderem bewaffnet zur Schule gekommen und war statt im Physikunterricht meiner Klasse bei Herrn Bruchsaal und der 3./4. und filmte deren Sportunterricht.

Zu den Aufnahmen des Unterrichts sollte ich auch noch Statements von Lehrern und Schülern aufnehmen. Der erste, den ich überreden konnte mitzumachen, war Herr Kaiser.

Er nahm sich dafür zu Beginn der Mathestunde Zeit. Die ganze Klasse wartete gespannt darauf, welchen positiven Kommentar Herr Kaiser für diese Schule wohl von sich geben würde. Die nun folgenden Minuten hab ich auf der Kamera mitgeschnitten.

Die Aufnahme beginnt mitten im Satz:

HERR KAISER (CK): ...ehrlich keinen Plan, was ich da jetzt sagen soll.

BEN: *(aus dem Off)* Sagen Sie einfach die Wahrheit!

CK: Und die wäre?

SARA: *(aus der letzten Reihe)* Dass in diesem Haus eine Halbtagesbetreuung für Irre stattfindet.
(dreht sich zur Seite und fixiert Sascha, welcher ihr beleidigt die Zunge raus streckt)

CK: Sascha und Sara, hört auf. Das klingt doch gar nicht so schlecht. Halbtagesbetreuung für Irre...

ICH: *(mit ironischem Unterton, aus dem Off)* Wollen Sie das für den Imagefilm so formulieren?

CK: Nein, natürlich nicht!

ICH: Gut, was wollen Sie dann sagen?

CK: Ich überlege grade noch.

LEANDER: *(zu mir)* Er könnte doch einfach ehrlich sein!

CK: Ist das für eine Filmaufnahme nicht etwas laut hier, wenn jeder die ganze Zeit dazwischen faselt?

(Lautes Krachen im Hintergrund, das Zeuge dessen ist, wie Sara Sascha mit ihrem Mathebuch eine über die Rübe gehauen hat, da er ihr mit einem Edding ein pinkes Herz auf die Backe malen wollte)

SASCHA: *(theatralisch)* Herr Kaiser, Herr Kaiser! Erretten Sie mich vor dem Bösen!

CK: Was ist denn jetzt schon wieder los? Kann ich nicht einmal in Ruhe denken?

SARA: Sascha wollte mich anmalen!

SASCHA: Stimmt gar nicht – sie hat mich ...

SARA: *(fällt ihm ins Wort)* Heul´ doch, Herr Kaiser, er wollte mir…

SASCHA: Glauben Sie ihr kein Wort, Herr Kaiser, sie hat mir…

(Noch lauteres Krachen, als Sara ihre Tat von vorhin vor den Augen des Lehrers wiederholt. Sascha beginnt noch lauter zu schimpfen und Sara fängt auch wieder damit an. Die beiden reden laut und aufgeregt durcheinander. Herr Kaiser lässt sich lässig in den gut gepolsterten Lehrerstuhl zurückfallen.)

CK: *(fachmännisch in die Kamera)* Ich kann nicht reden, wenn die anderen reden!
(Kurze Pause, Herr Kaiser beugt sich wieder vor und richtet seine Worte an die beiden Streithähne in der letzten Reihe, die mittlerweile mit ihren Mathebüchern rhythmisch aufeinander einschlagen) RUHE! Ruhe da hinten. Sonst komm ich zu euch und das wollt ihr nicht. Ich hab auch ein Mathebuch! *(hält es zum Beweis in die Höhe und deutet eine Wurfbewegung an)*

SASCHA: Schon gut, Herr Kaiser, wir sind schon leise! *(deutet Sara an, auch leise zu sein, was sie dann auch widerwillig ist)*

CK: Okay! *(schaut in die Kamera)* Widmen wir uns wieder dem Ernst der Dinge. Was soll ich jetzt nochmal sagen?

ICH: Was Ihnen an der Schule gefällt.
BEN: Falls es da überhaupt was gibt…

FELIX: Seien Sie einfach ganz und gar ehrlich!

CK: Nun, einen Versuch ist es wert. *(beugt sich vor und fixiert Sara und Sascha in der letzten Reihe)* Was ich an der Schule mag, ist, dass keiner hier Anstand hat! *(Schlägt mit der Faust auf den Tisch)*

ICH: Das passt! Ist sehr aussagekräftig und trifft direkt ins Schwarze. Vielen Dank, die Aufnahme nehm' ich.

CK: *(zu Sara und Sascha)* In voller Länge versteht sich, mit allen Nebengeräuschen.

SARA: *(panisch)* Nein, bitte nicht!

FELIX: Oh Mann, Sara! Die beiden machen doch bloß Spaß!

CK: *(zur Kamera)* Und noch eine Sache, die mir gefällt, ist, dass man die achte Klasse an einer Hand abzählen kann! (*Zählt die Schüler der achten Klasse an seinen Fingern ab)* Eins ... Zwei.

ICH: Und noch etwas Ernsthaftes?
CK: *(nach kurzem Überlegen)* Ich finde an der Schule schön, dass sich Lehrer und Schüler so gut verstehen! *(kurze Pause)* Reicht das jetzt?

ICH: Wunderbar, passt alles. Vielen Dank fürs Mitmachen.

An dieser Stelle endete die Aufnahme und dokumentierte leider nicht mehr, wie Sara ihr Mathebuch zum Schlag erhob, um Saschas Kopf erneut eine Abreibung zu verpassen. Als sie gerade mit voller Wucht zuschlagen wollte, wurde das Buch jedoch von Herrn Kaisers Hand aufgehalten.

Er war vom Lehrerpult in die letzte Reihe gelaufen, ohne dass die beiden Streithähne es bemerkt hatten.

Nachdem er Sara das Buch aus der Hand genommen hatte, meinte er seelenruhig: „Wer hatte denn die glorreiche Idee, euch zwei nebeneinander zu setzen?"

„Herr Wolf", riefen Sascha und Sara wie aus einem Mund.

„Gut", meinte Herr Kaiser, „ich werde mit ihm nachher mal darüber sprechen. Und jetzt rechnet die siebte Klasse bitte im Buch die Aufgaben fünf bis acht auf der Seite 104 und die achte Klasse macht das Arbeitsblatt Nummer fünf, welches ich euch letzte Woche ausgeteilt habe, fertig."

Mit diesen Worten gab er Sara ihr Mathebuch zurück, drehte sich um und ging wieder nach vorne.

– „Zum ,Tag der offenen Türe' soll das ganze Schulhaus picobello sauber aussehen!", verkündete Frau Meyer am nächsten Morgen in der Andacht. „Daher bitte ich euch, alle mit anzupacken! Haltet eure Klassenzimmer ordentlich und räumt eure Schränke auf! – und" (das sagte sie mit strengem Blick in unsere Richtung) „macht bitte, bitte heute nicht wieder irgendetwas kaputt!!!"

Ja, ja, in letzter Zeit ging in unserer Klasse einiges kaputt, ich weiß.

Zum Beispiel ist die Schranktür des kleinen Schränkchens neben der Tür aus den Angeln geflogen, als die Klasse versuchte, Leander, Sascha (beide freiwillig) und Sara (unfreiwillig) gemeinsam in den kleinen Innenraum zu zwängen. Als Ben unter höchstem Kraftaufwand gegen die Tür drückte, um sie zu schließen, krachte es gewaltig und die Tür fiel aus ihren Angeln. Bevor ein Lehrer es bemerkte, hatten die Verursacher des Schadens diesen schon wieder soweit in Ordnung gebracht, dass es von außen so aussah, als wäre nichts geschehen. Später flog das Ganze dann allerdings doch auf, da Herr Wolf in der Geschichtsstunde nach dem Schulglobus suchte. (Er war noch nicht darüber im Bilde, dass sich dieser mit lautem Krachen in sehr kleine Einzelteile aufgelöst hatte, nachdem Sascha und Leander in einer Rangelei wenige Tage zuvor darauf gefallen waren).

Als er auf seiner Suche nach dem Globus den Schrank öffnete und plötzlich die ganze Schranktür in der Hand hielt, zählte er eins und eins zusammen und bestrafte die Übeltäter. Wenig später fand Herr Kaiser den zersprungenen Globus, der hinter einem Regal versteckt war. Auch das zog Konsequenzen nach sich.

Damit noch nicht genug: Am letzten Donnerstag war Frau Fiore krank, so dass wir in Kunst Frau Valea als Vertretung hatten. Sie hatte allerdings auch noch die dritte und vierte Klasse in Deutsch zu betreuen und so gab sie uns Aufgaben und verschwand sofort wieder. Und wie das nun mal bei pubertierenden Schülern ist: Sie tun im Normalfall nicht, was man ihnen sagt.

Aus der Kunststunde wurde eine Verfolgungsjagd zwischen Leander und Sascha. Die ganze Klasse feuerte frenetisch an. Sascha übertrieb die ganze Sache wohl ein kleines bisschen. Er hüpfte auf dem Lehrerstuhl herum, als wäre es ein Trampolin und streckte Leander die Zunge heraus. Als der dann auf ihn losstürmte wie ein wütender Stier, knackte es plötzlich und Sascha fiel rittlings zu Boden. Der Lehrerstuhl war nach hinten weggebrochen und zum darauf sitzen nun nicht mehr geeignet, was auch der Grund war, dass er, bevor ein Lehrer den Klassenraum betrat, verschwand. Allerdings wurde er am darauf folgenden Tag von Herrn Kaiser in dem kleinen Winkel zwischen Schrank und Wand am hinteren Ende des Klassenzimmers entdeckt (Leander und Sascha hatten ihn soweit zerkleinert, dass er da hinein passte).

Außerdem hatte sich der Weihnachtsschmuck bei uns im Klassenzimmer am Tag nach seiner Verunstaltung durch Sara und Sascha in Luft aufgelöst. Keiner wusste, wo er abgeblieben war.

Seltsam…

Und dann war er da, der „Tag der offenen Türe"!
Das Schulgebäude begann sich gegen fünfzehn Uhr langsam zu füllen. Als die Veranstaltung eine halbe Stunde später begann, war das Haus bis zum Bers-

ten gefüllt. Der Hauptteil der Anwesenden bestand aus Schülern, Eltern und Lehrern. Dazu waren noch einige ältere Damen erschienen, welche sich anschauen wollten, ob es sich lohnen würde, ihr überflüssiges Geld in diese Schule zu investieren.

Der Elternbeirat hatte ganze Arbeit geleistet und ein großes Buffet mit süßen und herzhaften Speisen auf die Beine gestellt, welches sich bei der Anzahl hungriger Besucher schnell zu leeren begann. Alles verlief wie immer. In letzter Minute war mein Imagefilm noch fertig geworden und konnte gezeigt werden. In dem bis zum Platzen gefüllten Schulhaus war es jedes Mal eine Herausforderung, von einem Raum in den anderen zu kommen. Trotzdem verlief alles außergewöhnlich friedlich und ohne nennenswerte Zwischenfälle.

Wenn man mal von der Sache mit der Baisertorte, die Schulhund Nola vom Tortenbuffet gemopst und in einer Ecke danach unbemerkt aufgefressen hatte, absieht...

Mittwoch, 7. März
Unterricht in der Durchgangsschneise

E nglisch ist als Schulfach nicht besonders lustig. Gut, wenn Herr Kaiser vom Thema abschweift (was gar nicht so selten passiert) und dann beginnt, auf Deutsch mit uns zu diskutieren, dann ist das was anderes. Oder, wenn es zu Ausnahmezuständen kommt – wie heute.

Es begann alles damit, dass Frau Fiore mit Herrn Kaiser am Vortag vereinbart hatte, seine Englischstunde mit uns auf den Flur zu verlegen, da sie für ein Kunstprojekt mit den Neunt- und Zehntklässlern unbedingt unser Klassenzimmer brauchte. Herr Kaiser hatte kein Problem damit, da auf dem Flur vor unserem Klassenzimmer viel Platz war und ebenso wie drinnen Tische, Stühle und eine Tafel standen.

Und so verlegte er die Englischstunde auf den Gang.

„Okay, guys. I'd like to see your homework!" eröffnete Herr Kaiser seine Englischstunde.

Er begann eigentlich immer mit diesen Worten, egal, ob wir Hausaufgaben gehabt hatten oder nicht. Heute hatten wir allerdings tatsächlich welche – so holten wir sie alle umständlich hervor und breiteten sie auf den viel zu klein bemessenen Tischen in der Ecke des Gangs, vorne direkt beim Treppenhaus, aus.

Ausnahmsweise hatte tatsächlich nicht nur jeder seine Aufgaben erledigt, sondern er hatte sie sogar noch mitgebracht. Herr Kaiser pfiff leise und fasziniert durch die Zähne, als er es bemerkte.

Wir sprachen die beiden Aufgaben aus dem Englischbuch kurz durch, verbesserten unsere Fehler und Herr Kaiser begann sein neues Thema. Er ließ uns einen englischen Text reihum vorlesen. Immer, wenn einer beim Vorlesen einen Fehler machte, war der Nächste dran. So erhoffte sich Herr Kaiser, dass sich unsere englische Aussprache verbessern würde (was ja auch dringend notwendig war). Dieses Konzept würde wahrscheinlich auch ganz gut funktionieren, wenn es nicht Schüler geben würde, die es ausnutzen.

Ich muss mich selbst schuldig bekennen: Nach ein oder zwei Zeilen baute ich meist absichtlich einen Fehler ein, so dass ich nur minimale Teile der doch etwas hirnrissigen Texte lesen musste – der Lesezeit der anderen zu urteilen, machten sie es ähnlich.

Nur Andreas und Sara bemühten sich meist. Und so lasen sie den Text auch heute zum größten Teil allein.

„Hie wos werie häppie tu sie här agäin", las Sara, die Reihe war gerade mal wieder an ihr, in einer Aussprache, die eher Niederländisch als Englisch klang (doch Herrn Kaiser schien das nicht mehr wirklich zu stören), „bat hie also taugt, sat schie kut be wöried abaut his last reaktschion" –

„Was macht'n ihr da???", unterbrach ein kleiner, rotznäsiger Grundschüler, der gerade über den Gang in Richtung Toilette trottete.

„Sei still und geh dahin, wo du hinmusst! Hier ist Unterricht", meinte Herr Kaiser und wandte sich wieder Sara zu. – „Lies weiter", forderte er sie auf.

Sara beugte sich wieder über ihr Buch und begann da weiterzulesen, wo sie aufgehört hatte: „Hie wos werie häppie tu sie här agäin, bat he also taugt, tat schie kut be wöried abaut his last reaktschion" –

„Herr Kaiser, Herr Kaiser", unterbrach derselbe Rotzlöffel, der eben erst in den Toiletten verschwunden war, mit aufgebrachter Stimme, „Herr Kaiser, da ist jemand auf dem Klo, der hat abgeschlossen und lässt mich nicht rein!"

(Eine kurze Info zum besseren Verständnis: Auf der Herrentoilette in unserer Schule gibt es nur eine Toilettenkabine. Gegenüber gibt es noch ein Pissoir, welches, nach einigen ekelerregenden Schweinereien im vergangenen Jahr, nur noch für Schüler ab der siebten Klasse zur Verfügung steht, außerdem würde der kleine Grundschüler da sowieso nicht hoch reichen)

„Herr Kaiser", quengelte der kleine Quälgeist, „sagen Sie, der Große soll das Klo aufmachen, ich muss dringend."

„Der andere muss vielleicht auch dringend und benutzt gerade die Toilette", versuchte ihn Herr Kaiser zu besänftigen.

„Aber das ist doch kein Grund, mich nicht drauf zu lassen", zeterte der Grundschüler.

Dann drehte er sich um und stapfte zurück aufs Klo.

„So ein verwöhnter Kerl. Der hat daheim wohl 'ne Privattoilette oder warum führt er sich so auf", hörte ich Ben leise hinter mir schimpfen.

„Sara", begann Herr Kaiser wieder.

Doch sie hatte bereits verstanden, nahm den Faden auf und begann bereitwillig zu lesen: „Hie wos werie häppie tu sie här agäin, bat hie also taugt, tat schie kut be wöried abaut his last reaktschion" –

Gulio aus der zehnten Klasse kam von den Toiletten her und unterbrach Sara erneut. „Herr Kaiser", rief er zu diesem hinüber: „Da drinnen ist so'n kleiner, verrückter Grundschüler, der hat die ganze Zeit gegen die Tür gewummert und geplärrt, dass ich ihn reinlassen soll. Dann war er auf einmal still und wie ich jetzt so rauskomme, sehe ich, wie er auf dem Pissoir *sitzt*, um sein Geschäft zu erledigen."

Herr Kaiser unterbrach den aufgebrachten Redeschwall des Zehntklässlers leicht genervt: „Ja – Gulio, ich verstehe, dass du sauer bist. Ich bin es langsam auch. Du bist nicht der einzige, der von dem Kleinen genervt wurde – und jetzt sei so gut, geh zurück in dein Klassenzimmer und lass uns hier in Ruhe Unterricht machen! Ja? Danke."

Danach blickte er, nun nicht mehr ganz so gelassen wieder Sara an, die auch gleich wieder zu lesen begann.

„Hie was werie häppie tu sie här agäin, bat he also taugt, sat schie kut be wöried abaut his last reäktsch… "

„So, jetzt bin ich fertig", erklang die Stimme des Erstklässlers wieder laut vom Gang.

Er winkte uns zu und verschwand laut pfeifend in Richtung seines Klassenzimmers. Als wir ihn nicht mehr sehen und hören konnten, legte Sara ohne Aufforderung wieder los. Auch diesmal kam sie kein Stück weiter als zuvor, da Frau Fiore aus unserem Klassenraum gewetzt kam und fragte, ob wir irgendwo den Tafelschwamm gesehen hätten.

Nein, wir Schüler hatten ihn schon seit längerem nicht mehr gesehen, daher schüttelten wir kollektiv den Kopf. Herr Kaiser meinte, zu seiner Kollegin gewandt, die Tafelschwämme würden in diesem Zimmer immer wieder auf wundersame Weise verschwinden.

„Die Schwammreserve liegt bei den Musiksachen im Lehrerzimmer", meinte er, „Weiß der Geier, was sie dort zu suchen hat... ".

Frau Fiore bedankte sich für die Auskunft und ging.

Sara begann wieder zu lesen. Mittlerweile konnte ich den Ausschnitt schon auswendig mitsprechen und begann mich auch langsam zu fragen, warum Sara immer an derselben Stelle wieder zu lesen begann.

Sie kam sowieso nicht weiter als bis „abaut his last reaktschion" – danach wurde sie nämlich wieder unterbrochen.

„Herr Kai-i-i-i-i-i-i-i-ser", heulte eine kleine Erstklässlerin, die gerade vom Sportunterricht auf dem Pausenhof nach oben gerannt kam, „Herr Kai-i-i-ser. Ich bi-i-i-in na-a-a-ass gewo-o-orden!"

Herr Kaiser beugte sich zu dem kleinen Mädchen runter und sah sich die weltbewegende Katastrophe an. Die Kleine hatte einen nicht sonderlich großen nassen Fleck auf ihrer ansonsten blitzsauberen Bluse und dieser Fleck gab ihr scheinbar den Anlass, heulend in unseren Englischunterricht zu platzen.

„Wie ist denn das passiert?", fragte Herr Kaiser sie.

„Ich bin in eine Pfü-ü-ütze gef-f-fallen", schluchzte die Kleine.

„Da kann sie aber froh sein, dass sie nicht ersoffen ist", flüsterte Sascha mir von hinten zu.

Herr Kaiser schickte das heulende Mädchen auf ihr Klassenzimmer, wo sie sich an der Heizung aufwärmen sollte. Als er sich uns wieder zuwandte, spiegelte sein Gesicht eine gewisse Gereiztheit wider, wie sie einen Lehrer immer dann überfällt, wenn er ständig in seinem Unterricht gestört wird.

„Dieses Mädchen", meinte er mit deutlich hörbarem ironischem Unterton, „hat gerade etwas sehr Schreckliches, Traumatisches erlebt! – Sara, würdest du bitte wieder?"

Und Sara las wieder weiter.

Diesmal kam sie genau drei Sätze weiter als bei den vorangegangenen Versuchen. Dann wurde der Unterricht schon wieder gestört.

Nadja, die Klassensprecherin der dritten und vierten Klasse schrie mit aller Kraft vom Ende des Flures zu uns herüber: „Herr Kaiser, können Sie kurz kommen? Christopher trinkt gerade seinen Flüssigkleber leer!!!"

Herr Kaiser riss kurz verdattert und entsetzt die Augen auf, dann rief er zurück: „Geh ins Lehrerzimmer – ich kann gerade nicht weg hier. Muss unterrichten!"

Nadja nickte kurz und rannte dann in Richtung Lehrerzimmer davon.

Sara fing wieder an zu lesen. Wir waren irgendwie nicht richtig bei der Sache. Was vielleicht daran lag, dass Frau Valea mit Nadja über den Gang ins Klassenzimmer 3/4 wetzte und kurz darauf mit Christopher in Richtung Toiletten rannte.

– „Nein, im Musikschrank sind die Schwämme nicht!" unterbrach Frau Fiore den Unterricht eine Minute später schon wieder (langsam ist es so was von vorhersehbar…),

„Da müssen sie irgendwo sein, ich habe sie dort gestern erst gesehen!" meinte Herr Kaiser aufgebracht.

Dann ging er doch mit seiner Kollegin, um ihr zu zeigen, wo genau er sie zuletzt gesehen hatte. Uns befahl er, schön artig und leise zu sein. Außerdem sollten wir den Text gelesen haben, bis er wiederkommt. Daraufhin ließen uns die beiden Lehrer allein.

Beinahe eine halbe Stunde dauerte es, bis die beiden die Schwammreserve gefunden hatten. Als er wieder zurückkam, war die Englischstunde schon fast wieder vorbei, wir hatten den Text schon längst fertig gelesen und beschäftigten uns gerade mit verschiedenen lustigen Spielchen („Sportlehrer versenken", „Mord in der Hiob-Schule", „Ausreichend gewinnt" u.s.w)

– „Okay, dann war's das wohl mit Unterricht für heute!" meinte Herr Kaiser, als er wieder bei uns ankam, „Für die drei Minuten lohnt es sich nicht mehr! Aber eine Hausaufgabe könnt ihr euch noch aufschreiben. Macht bitte d…"

„Herr Kaiser, können Sie mal bitte ganz schnell kommen?", unterbrach ihn eine laute, etwas hysterische Mädchenstimme vom Ende des Flures.

Herr Kaiser seufzte: „Vergesst einfach, was ich gesagt habe…".

Kapitel V:
Von Musicals und Wandertagen

Musicalproben fallen manchem Lehrer
verglichen mit Unterricht wesentlich schwerer
Schülergesang ist kein Ohrenschmaus
eine Frage folgt nun daraus:
Wird es gelingen oder wird es ein Graus?

Donnerstag, 28. März

Nasse Grundschüler werfen ihre Schatten voraus

„Nein, nein, nein, nein!", rief Frau Meyer erregt aus, „nochmal von vorne!"

Das, was sie so aufregte, war einfach zu erraten: Die große Musicalaufführung rückte langsam näher und noch rein gar nichts klappte, wie es eigentlich klappen sollte!

Der Grundschulchor hing gelangweilt herum, wenn er nichts zu tun hatte und verpasste ständig die Einsätze. Die Räuber wirkten, von Wortwahl und Verhalten her *zu* realistisch und rein gar keiner beherrschte seinen Text wirklich flüssig (außer Hauptdarsteller Christopher, der nicht nur seinen eigenen Text konnte, sondern auch den anderen ständig soufflierte).

Dabei dauerte es nur noch etwas über einen Monat bis zur Aufführung.

Aber es lief schon von der ersten Probe an einfach nicht gut:

Kurz nach den Halbjahreszeugnissen hatten wir mit dem Einstudieren dieses Stückes begonnen. Doch die erste Probe war schon die reinste Katastrophe, da niemand auf den abstrakten Gedanken kam, seinen Text, den er Wochen zuvor erhalten hatte, auch zu lernen – das war ja bis heute nicht besser geworden…

Zudem ist gegen Mitte des ersten Durchlaufs die Sicherung rausgeflogen. Seitdem funktioniert die Deckenbeleuchtung in den Klassenzimmern 5/6 und 3/4 nicht mehr. Der Techniker käme Ende April, sagt Herr Bruchsaal.

„Alle noch einmal auf ihre Anfangspositionen!" dirigierte Frau Meyer mit ungeduldigem Unterton.

Der Chor, von dem ihr nur die Hälfte zugehört hatte, trottete mit viel Lärm und Geschepper von der Bühne, wobei ein kleines Grundschulmädchen die Stufe übersah, hinfiel und zu weinen begann.

Gerade als Frau Meyer das Kommando zum Weitermachen geben wollte, rannten zwei übermütige Jungs aus der fünften Klasse, die gerade nicht gebraucht wurden, von hinten in sie hinein. Das machte sie selbstverständlich noch wütender.

Frau Meyer schimpfte sehr aufgeregt mit den beiden Jungs und beauftragte Herrn Wolf mit dem Ausdrucken von Strafarbeiten, was er liebend gerne tat. Darauffolgend gingen die Proben weiter. Allerdings brachten sie nicht das von Frau Meyer erhoffte Ergebnis. Als sie dann auch noch beim Vorma-

chen der Bewegungen zu einem Lied das Gleichge-
wicht verlor und beinahe gestürzt wäre (und die
ganze Schule schadenfroh darüber gelacht hatte –
wohlgemerkt: Nicht nur die Schüler…), war alles,
was sie an guter Laune besessen hatte, komplett
weg.

Es verbesserte ihre Laune auch kein kleines bisschen auf, als Herr Bruchsaal ihr (um sie wieder aufzumuntern) einen von seinen Witzen erzählte und
noch weniger hob es ihre Stimmung, als Sascha ihr
(um sie wieder aufzumuntern) einen von *seinen*
Witzen erzählte.

Frau Meyer war frustriert, da sie vor ihrem inneren
Auge die große Katastrophe anscheinend schon
kommen sah.

Es war aber auch ärgerlich für sie! Das einzige,
was nach den heutigen Proben recht sicher stand,
war die Kulisse. Und so, wie es bislang lief, würde
die auch nicht mehr lange stehen…

Alle Schüler waren sehr froh, als die Lehrer die
Probe endlich für beendet erklärten und alle in die
große Pause auf den Schulhof schickten.

Erleichtert darüber, dass es für heute mit dem Ge-
probe ein Ende hatte, verteilten sich alle über den
Pausenhof.

Die Grundschüler, besonders die Jungs aus der dritten und vierten Klasse, spielten Ballspiele, die Mädchen aus demselben Jahrgang waren mit Mädchenspielen wie „Pferdchen" beschäftigt, die Realschüler spielten Basketball, Tischtennis oder unterhielten sich über verschiedenste Dinge – um es kurz zu sagen: alles war wie immer.

Es muss ungefähr zur Hälfte der Pause gewesen sein, als dann das Geschehen seinen Lauf nahm:

Alles begann damit, dass einer der oben erwähnten Viertklässler versehentlich einen Ball in den Bach, der durch das Schulgelände fließt, schoss. Der Ball trieb ein kurzes Stück bachabwärts und genau an der Stelle, an welcher der Wasserlauf seinen tiefsten Punkt auf dem Gelände hat, verkeilte sich das Geschoss ungefähr einen Meter vom Ufer entfernt in einem Gestrüpp, dessen Äste über das Wasser hingen. Der Grundschüler, dem dieses Missgeschick passiert war, kletterte fix über den Zaun, der den Pausenhof vom Bach trennte und hangelte sich die steile und recht hohe Böschung hinab, bis er sich knapp über der Wasseroberfläche befand. An der Böschung und auf der kleinen Brücke, die über den Bach führte, versammelte sich eine Traube von schaulustigen Schülern.

„Von hier oben", rief ein kleines Mädchen dem Viertklässler zu, „sieht es so aus, als würdest du gleich reinfallen!"

Der Angesprochene unten stützte sich auf einem Ast, der über das Wasser hinausragte, ab, drehte sich den Schaulustigen zu und rief zurück: „Von hier unten schaut es noch viel mehr danach auuu-..."

Weiter kam er nicht, denn in diesem Augenblick brach der Ast mit einem lauten Knacksen ab und der Viertklässler landete mit einem Platscher im Wasser. Da der Bach an dieser Stelle fast einen Meter tief war, verschwand der Viertklässler kurz vor den Augen der Schaulustigen, bis er eine halbe Sekunde später auch schon wieder prustend und planschend zum Vorschein kam und klitschnass zum Ufer watete. Die Zuschauer applaudierten und lachten.

Herr Wolf, der Pausenaufsicht geführt hatte, kam nun auch hinzu, da er sehen wollte, was es zu klatschen gab. Als er die Szene betrat, war es schlagartig still, da allgemein bekannt war, dass Herr Wolf außerordentlich streng sein konnte, vor allem wenn er schlechte Laune hatte. Und die schien er zu haben, da seine Miene nicht gerade eine freundliche war, als er angelaufen kam. Herr Wolf ging nun auf den Zaun zu und schaute, so wie die Traube von Schülern, die immer noch dort stand, hinunter zum Bach. Als er den Grund für den spontanen Beifall klitschnass die Böschung hinaufkraxeln sah, wandelte sich sein Gesichtsausdruck und er begann sich halb schlapp zu lachen. Dadurch, dass Herr Wolf lachte, entspannten sich auch die umstehenden Schüler und stimmten herzlich in das Gelächter ein.

Auch Herr Bruchsaal lachte, als er die Szene sah. Ihm ging es fast so, wie Frau Meyer bei ihrem mysteriösen Lachkrampf in München – er lachte sich halb kaputt, vermutlich, weil ihm zu Beginn des Schuljahres ja fast das Gleiche passiert war…

Der Viertklässler lachte ebenfalls, allerdings nur solange, bis er zu frieren begann. Er hatte es recht eilig, mit seinen nassen Sachen ins Haus zu kommen.

Die letzten beiden Stunden hatten wir ganz normalen Unterricht. Herr Stavning, der glücklicherweise wieder von seiner Kur zurückgekehrt war, besprach mit uns in seiner Deutschstunde die Klassenarbeit, die wir jüngst zurückbekommen hatten. Noch vor Beginn des eigentlichen Unterrichts gab es allerdings noch einen kleinen Zwischenfall, der mit Sascha zu tun hatte.

Dieser hatte sich nämlich den uralten Klavierhocker, der seit einigen Tagen bei uns im Klassenzimmer herumstand, unter seinen Tisch geschoben, um seine Beine darauf hochzulegen. Herr Stavning gefiel der Gedanke überhaupt nicht. „Sascha, denk daran, du hast schon einen Stuhl auf dem Gewissen!", ermahnte er ihn. „Ich glaube nicht, dass deine Eltern so reich sind und es sich leisten können, die ganze Einrichtung hier zu zahlen, wenn du sie kaputt machst!"

„I wo!", erwiderte Sascha leicht gekränkt, „ich mach den Hocker schon nicht kaputt!" Mit diesen Worten legte er seine Füße unter dem Tisch auf den Hocker und lehnte sich zurück.

Den nächsten Augenblick wird wohl keiner der Anwesenden jemals vergessen können. Mit einem lauten, unschönen, krachenden Geräusch zerbrach der Klavierhocker in der Mitte, genau dort, wo Sascha seine Beine hingelegt hatte. Dieser war vollkommen perplex. Die ganze Klasse brach in johlendes Gelächter aus. Auch Herr Stavning konnte sich ein Schmunzeln kaum verkneifen. „Sascha", sagte er, „du kriegst wirklich alles kaputt!"

(Später sagte Sascha mir, ich solle, wenn ich dieses Ereignis schon aufschrieb, bitte noch dazu schreiben, dass nicht das Gewicht seiner Füße für den Bruch des Klavierhockers verantwortlich war, sondern Leander, der, bevor Herr Stavning ins Klassenzimmer kam, auf dem Stuhl Polka getanzt hätte.)

Samstag, 11. Mai
Schulgottesdienstmusicalvorsommerfest

Jetzt wird es langsam aber sicher ernst!

Das Musical steht an – Frau Meyer zittert diesem Ereignis entgegen. Nicht ohne Grund, wie sich wohl noch zeigen wird.

Die meisten Schüler trafen am Samstag gegen zehn Uhr in der Mehrzweckhalle hinter der Schule ein, wo einige engagierte Eltern zusammen mit Herrn Bruchsaal, Frau Meyer, Herrn Kaiser und Frau Valea dabei waren, den Saal in aller Eile so zu dekorieren, dass er wenigstens so aussah, als hätte sich jemand Mühe damit gegeben.

Einige Eltern, die eher weniger von bunten Wimpeln, Lichterketten und dem ganzen Zeug hielten, richteten auf einigen aneinandergeschobenen, wackligen Bierzelttischen das Tortenbuffet her.

Gut, heute konnte man es weniger ein Tortenbuffet nennen, da sich heute niemand frei bedienen konnte. Einige zur Fronarbeit verurteilte Schüler würden nämlich all das Essen, das die eifrigen Eltern der Hiob-Schüler zubereitet und zur Verfügung gestellt hatten, an Besucher, Eltern und Schüler verkaufen.

Am Tortenbuffet lief es eigentlich recht glimpflich ab, bis Schulhund Nola eine unvorsichtigerweise auf dem Boden abgestellte Himbeertorte zu fressen begann. Sie hätte die Torte wahrscheinlich in wenigen Happen komplett verspeist, wenn nicht ihr Frauchen just in diesem Augenblick vorbeigekommen wäre und Nola ihren Leckerbissen weggenommen hätte.

Die Torte, die von einem Labrador abgebissen und vollgesabbert war, ließ sich natürlich aus naheliegenden Gründen nicht mehr verkaufen und wanderte deshalb in den nächsten Mülleimer. In einem unbemerkten Moment gelang es Nola allerdings, sich an den Mülleimer heranzuschleichen und sich mit der Schnauze voran hineinzustürzen. So landete auch noch der Rest dieser Torte in ihrem Magen.

Auch bei den Saaldekorateuren gab es einige kleinere Schwierigkeiten. So stach sich Frau Valea beim Anstecken einer Girlande in den Daumen und Frau Brockmann, eine Mutter von zwei Grundschülern, stürzte mit einem Aufschrei von der schon recht maroden Leiter, auf der sie gerade stand, um eine Wimpelkette am Eingang zu befestigen.

Auch die Technik-Anlage sorgte scheinbar für diverse Schwierigkeiten.

Eigentlich, so behauptete zumindest Herr Bruchsaal, war für das Fest geplant gewesen, dass zwei Eventtechniker aus der nächsten Großstadt mit ihren professionellen Anlagen kommen sollten (die Anlage der Schule war nämlich so marode, dass man sie den Festbesuchern nicht hätte zumuten können…). Allerdings hatten diese in letzter Minute aus terminlichen Gründen abgesagt und Herr Bruchsaal hatte händeringend von irgendeinem Schwippschwager zwölften Grades einige Lautsprecherboxen, ein paar Scheinwerfer und ein kleines Mischpult besorgt. Der Schwippschwager hatte allerdings gerade heute keine Zeit, sich um seine Anlage zu kümmern und so beugte sich Herr Bruchsaal zusammen mit zwei Vätern über die Anlage und probierte Knöpfe aus. Alle drei machten recht besorgte Gesichter, während es in den Lautsprechern unheilverkündend knackte, quietschte und kratzte…

Gegen elf Uhr trudelten die erwarteten Gäste ein.

Es handelte sich dabei zum Großteil um Mitglieder der regionalen Kirchengemeinden.

Hierzu muss erwähnt werden, dass die erste Aufführung des Musicals im Rahmen eines ACK *(Arbeitskreis christlicher Kirchen)* „Schulgottesdienstes" vonstatten gehen würde, was bedeutete, dass aus allen umliegenden Gemeinden die Mitglieder, die sich für die Schule interessierten, herzlich eingeladen waren. Recht viele waren dieser Einladung gefolgt und so begann die Mehrzweckhalle sich recht schnell zu füllen.

Um elf Uhr fünfzehn war der Beginn des Gottesdienstes angesetzt, aber es schien schon früh klar, dass es einige Verzögerungen geben würde.

Und es gab Verzögerungen. Über eine halbe Stunde verstrich, bis sich endlich etwas regte. Frau Meyer kam auf die Bühne und nahm das Mikrofon an sich. Unschönes Rauschen sowie Pfeif-, Knirsch-, Quietsch- und Knacklaute drangen neben ihrer Stimme aus den Lautsprechern, als sie sagte: „Also, erst einmal möchte ich Sie alle im Namen der ganzen Schule zu diesem ACK-Gottesdienst willkommen heißen. Zudem möchte ich mich für die Verspätung entschuldigen. Wie Sie ja hören, gibt es einige technische Probleme. Wir versuchen, das in den Griff zu bekommen…"

Frau Meyer hielt eine feierliche Begrüßungsrede. Danach sangen die Anwesenden zu Klavierbegleitung ein recht langes Lied. Als alle fertig gesungen hatten, betrat Frau Meyer erneut die Bühne und begann über die Schule, den Schulalltag und über die Ziele der Schule zu berichten.

174

Dass die reale Hiob-Schule noch Meilen von dem entfernt war, was sie so schön auf der Bühne ausformulierte, erwähnte sie natürlich nicht. Nach ihren Erzählungen zu urteilen, muss unsere Schule wirklich ein Ort der vollkommenen Glückseligkeit sein! Lehrer, die immer fröhlich sind, Wissen effizient vermitteln, nie die Kontrolle verlieren, sich wunderbar mit Schülern und Eltern verstehen und mit ihnen zusammenarbeiten können. Außerdem schien das Schulhaus angefüllt zu sein mit Genies und Musterschülern, die sich makellos verhielten, nie stritten und bislang auch keinen einzigen Einrichtungsgegenstand demoliert hatten.

Alles in allem quasi eine höchst perfekte, aber furchtbar langweilige Schule, zum Glück ist unsere Hiob-Schule ganz anders und immer für Überraschungen gut.

Aber natürlich konnte sie nicht vor all den Leuten stehen und sagen: „Schauen Sie mal, was wir für eine spannende und abwechslungsreiche Schule sind: Bei uns wurden zum Beispiel in den letzten Monaten zwei Stühle, ein Globus, ein Geodreieck für die Tafel und ein kleiner Einbauschrank von nur einer einzigen Klasse komplett zerstört. Jeden Tag überraschen uns die Schüler mit neuem Unfug. Außerdem muss ich ihnen beichten, dass auch wir Lehrer uns, wenn keiner zuschaut, wunderbar danebenbenehmen können..."

Das wäre wirklich eine schlechte Idee! Aber sie könnte wenigstens dazu sagen, dass diese Schule noch an ihren Zielen arbeitet, also quasi eine Baustelle ist. (Dass man diese Baustelle gut mit der des BER vergleichen kann, braucht sie ja nicht noch erzählen... – aber immerhin: auch der ist fertig geworden! Bleibt nur zu hoffen, dass unsere Schule nie zu perfekt und langweilig wird.)

Egal, Wahrheitsgehalt hin oder her.
Frau Meyer sprach recht lange und ausgiebig über die Großartigkeit der Schule. Ihrem Beitrag folgte eine kurze, von Herrn Bruchsaal zusammengestellte Diashow aus dem Schulalltag, die ihre Aussagen untermalen sollte. Darauf spielte die Schulband unter der Leitung von Frau Fiore ein Musikstück und der Mädchenchor sang dazu. Nun folgten im Programm noch einige Lieder, die von allen zusammen gesungen wurden. Dann war der große Augenblick, auf den die ganze Schule seit Monaten hin geprobt hatte, gekommen.
Alle Akteure des Musicals wurden in den kleinen, durch einen alten, weißen Duschvorhang vom restlichen Raum abgetrennten „Backstagebereich" gerufen, wo eine kurze, aber hektische Vorbereitung auf das Geschehen, welches unmittelbar bevorstand, getroffen wurde.

Trotz der Hektik hinter dem Vorhang dauerte es eine Weile bis es weiterging. Im Saal machte sich spürbare Unruhe breit. Durch das Einsetzen der kurzen Ouvertüre des Musicals, welche die Schulband, die sich auf der rechten Seite des Publikums platziert hatte, spielte, wurde die Aufmerksamkeit der Zuschauer wieder nach vorne gelenkt.

Die Bühne war in zwei Hälften unterteilt, auf denen zwei unterschiedliche Kulissen aufgebaut waren. Auf der linken Seite war alles düster und steinig, dies sollte die Räuberhöhle darstellen, auf der anderen Seite war alles mit grellfarbigen Tüchern, überwiegend in pink, dekoriert, dies sollte das Schloss des Königs sein.

Nachdem die letzten Takte der Ouvertüre verklungen waren, betrat das Schauspielensemble der Hiob-Schule die Bühne.

Die Vorstellung begann.

Frau Meyer kauerte vor der Bühne, damit sie notfalls soufflieren oder das Stück anderweitig retten konnte. Doch das war erst einmal gar nicht nötig – die ersten Szenen und Lieder liefen gut. Die zwei oder drei kleinen Textpatzer stachen nicht weiter hervor und dass der Chor sich beim vierten Lied versang, bekamen auch nur die mit, die den Originaltext kannten. Alles lief zur vollsten Zufriedenheit von Frau Meyer.

Doch das sollte nicht allzu lange anhalten.

Bei einer Szene ungefähr in der Mitte des Stücks, bei der ein großer, gedeckter Tisch auf der Bühne stand, begann das Unheil. Ein kleines Mädchen aus der ersten Klasse kam während eben dieser Szene zu Frau Meyer und flüsterte ihr zu, dass sie gaaaanz dringend aufs Klo müsse, und sich nicht alleine über den Schulhof traue. Frau Meyer konnte die Bitte nicht abschlagen, außerdem glaubte sie, dass die Schauspieler es sicherlich auch kurz ohne sie schaffen würden, da bisher ja noch alles glatt gegangen war. So verschwand sie unbemerkt mit der Grundschülerin nach draußen.

Genau in diesem Augenblick kamen Sara von der linken und Sascha, Leander und Felix von der rechten Seite auf die Bühne. Zuerst ging auch in dieser Szene alles gut. Sara und Felix konnten ihren Text und spielten ihren Dialog gut. Doch dann machte Sara den dummen Fehler, sich mit einer Hand auf dem Tisch abzustützen. Herrn Bruchsaals Technikklasse hatte scheinbar nicht ganz so viel Wert auf den stabilen Stand des Tisches gelegt, als sie ihn vor zwei Monaten zusammengezimmert hatten. Unter Saras bisschen Gewicht kippte der Tisch sofort zur Seite und fiel scheppernd von der Bühne.

Die ersten Reihen brachen in Geschrei aus, da nicht nur der Tisch, sondern auch Gemüse, Obst, Brot, Salat, Kuchen und Orangensaft sich großflächig in den ersten Reihen verteilten.

Ja, es war wirklich alles, was auf dem Tisch drapiert lag, echt! Frau Meyer wollte eigentlich mit Attrappen arbeiten, welche die Klassen drei und vier aus Pappmache bauen sollten. Als sie dann allerdings das Ergebnis dieser Bastelaktion sah, hatte sie sich doch umentschieden…

Die Zuschauer waren von der realistischen Wirkung der Requisite auf jeden Fall begeistert. Gerade aus den hinteren Reihen waren zahlreiche Lachsalven zu hören.

Die ersten beiden Reihen empfanden weniger Euphorie für diese äußerst lebensnahe Requisite.

Frau Meier kehrte kurz nach Saras kleinem Fauxpas mit der Grundschülerin wieder zurück in die Halle. Auf dem Weg dorthin, so erfuhr ich später, hatte sie sich schon darüber gewundert, warum ihr Menschen mit großen nassen Flecken auf Hose und Jacke entgegen kamen.

Als sich die Unruhe einigermaßen gelegt hatte, nahm Sara die Szene, so gut es ging, wieder auf. Man sah ihr an, wie hochnotpeinlich ihr die ganze Geschichte war – allerdings schaffte sie es dennoch gut, das Stück wieder in Gang zu bringen.

Das Stück ging weiter – Frau Meyer war wieder da, um das Musical vor weiteren unfreiwilligen Slapstick-Einlagen und sonstigen Pannen zu bewahren und sie verließ ihren Posten vor der Bühne auch nicht mehr. Wenn man mal von den Stellen absieht, in welchen Christopher der Headsetsender aus der Hosentasche plumpste und von irgendeinem anderen Schauspieler klammheimlich wieder hineingesteckt werden musste, sowie natürlich von Saschas unterdrücktem Gekicher, der sich wegen des „Tischdesasters" kaum mehr einkriegte, lief der Rest der Aufführung aber auch wirklich gut ab. Wenn man da an die letzte Probe dachte…

Nach der Musicalaufführung verteilten sich Zuschauer, Schüler und Lehrer auf dem Schulgelände. Frau Meyer sah sichtlich erleichtert aus, dass alles einigermaßen gut gelaufen war, den anderen Lehrern schien es ähnlich zu gehen. Auch die Darsteller waren ziemlich froh, es nun hinter sich zu haben – also fast, denn morgen auf dem Sommerfest sollte das Ganze ja nochmal aufgeführt werden. Aber wenn es heute geklappt hat, dann wird´s auch morgen gutgehen.

Den Zuschauern hatte es gefallen – insbesondere die in den hinteren Reihen fanden es sehr unterhaltsam…

Auch das Buffet stieß auf den erwarteten Erfolg. Die Kuchen und Torten verschwanden in den Mägen der Gäste und Schüler und am Ende des Tages war von allen mitgebrachten Fressalien, zu Saschas größtem Bedauern, nicht mal mehr ein Krümel übrig. Allerdings bin ich mir nicht so sicher, ob da nicht auch noch ein gefräßiger Hund seine Schnauze mit im Spiel hatte…

Donnerstag, 16. & Freitag, 17. Mai
Wandertag

Fast eine Woche ist jetzt seit dem Musical schon wieder ins Land gegangen. Zehn Tage am Stück waren wir jeden Vormittag in der Schule. Die letzten beiden Tage dieser Woche allerdings gönnten uns die Lehrer eine kleine Auszeit. Allerdings nicht in der Form, die von allen Schülern begrüßt worden wäre (ich denke, Sie wissen, was ich meine) nein, die Lehrer hatten ein paar Naturparkführer engagiert, die uns durch die Umgebung von Westvorallbergen führen und uns eine historische Wassermühle zeigen sollten.

Sprich: Es war wieder Wandertag.

Allerdings sollten wir nicht nur wandern, wir würden auch die Nacht unter freiem Himmel auf einer Wiese am Ufer eines Weihers verbringen.

Hört sich ja unheimlich erholsam an...

Heute Morgen trafen wir uns gegen acht Uhr auf einem Parkplatz im Nachbarort der Schule. Frau Valea hatte zwei Naturparkführer engagiert, welche uns durch die Tour leiten sollten. Zwischendurch würde es mehrere Vesperpausen und eine Führung durch eine alte Wassermühle geben. Soweit die Pläne. Das klang alles recht vernünftig und unspektakulär, ganz anders als das Chaos, das man als Hiob-Schüler gewöhnt ist.

Nach dem Durchzählritual unserer Lehrer, welches ich im zweiten Kapitel bereits ausführlicher geschildert hatte, brachen wir endlich auf.

Und so kam es, dass eine große Gruppe aus Lehrern und Schülern durch den Wald wanderte. Es war ein friedlicher Vormittag. Das Wetter war bestens – warm, aber nicht zu heiß.

Danilo, der sein Handy in der Hand hielt, hatte sich zu den Naturparkführern gesellt und sie gefragt, ob es im Wald WLAN geben würde. Frau Meyer und Herr Bruchsaal standen beieinander und scherzten zusammen. Es war sehr friedlich und alles lief glatt, außer, dass es bei fast jeder Biegung eine Gruppe schaffte, falsch abzubiegen .

Es war einfach eine ganz normale Wanderung – ohne Wolkenbruch oder Gewitter. Vielleicht lag es daran, dass sie diesmal nicht von Herrn Bruchsaal organisiert worden war.

Gegen zehn Uhr kamen wir bei der alten Windmühle an. Dort wurden wir nach Alter in drei Gruppen eingeteilt, die nacheinander durch das historische Gebäude geführt wurden.

Als wir mit der Führung fertig waren und die Mühle zum Hinterausgang verließen, sahen wir, dass die halbe Grundschule, die draußen auf uns und die Lehrer gewartet hatte, im nahen Fluss baden gegangen war.

Natürlich waren sie das nicht ganz freiwillig und noch dazu in Alltagsklamotten. Jeder von ihnen erzählte den Lehrern eine andere Version der Geschichte und so hat nie jemand erfahren, was sich genau zugetragen hatte.

Das Resultat hat allerdings jeder gesehen: vier kleine Mädels und zwei Jungs aus der Grundschule, sowie mit Nola ein ausgewachsener Labrador, waren klitschnass und hatten keine Ersatzklamotten dabei (gut, Nola hatte damit weniger Probleme). Und trotz der zwanzig Grad friert es einen dann doch recht schnell.

Wie sie das Problem im Endeffekt gelöst haben, weiß ich nicht.

Nach über drei Stunden Wanderung bei angenehmen Temperaturen um die zwanzig Grad, mitten durch Wiesen und Wälder kam unser Übernachtungsplatz in Sicht. Eine kleinere Wiese am Waldrand, die direkt an einen kleinen See mit schlammigem Wasser angrenzte.

Die Naturparkführer verabschiedeten sich bald und überließen die Hiob-Schüler ihrem Schicksal.

Auf der Wiese breiteten sich lärmend und schwatzend die Schüler aus, luden ihr Gepäck ab und diskutierten darüber, wer wo schlafen würde. Frau Valea kam mit den kleinen Grundschülerinnen, die nähere Bekanntschaft mit dem Fluss gemacht hatten, als Nachzüglergruppe am Lagerplatz an. Als sie den schlammigen See sah, verzog sich ihr sonst immer grinsendes Gesicht zu einer besorgten Miene. Sie suchte schnellen Schrittes Herrn Bruchsaal auf, der unweit von ihr stand und für die Facebook-Seite der Schule Fotos machte.

„Gerald", sagte sie zu ihm, „das mit dem See geht so aber nicht! Wir brauchen Regeln für den See! Kannst du mal kurz pfeifen, dass alle Schüler herkommen?"

Herr Bruchsaal nickte und pfiff auf zwei Fingern.

Nach und nach kamen die Schüler angelaufen und scharten sich um die zwei Lehrer. Frau Valea wartete, bis auch der letzte Trödler die Gruppe erreicht hatte, dann sorgte sie dafür, dass sich alle Schüler in einem perfekt symmetrischen Kreis aufstellten. Als dies geschehen war, legte sie mit der ihr eigenen Grundschullehrer-Art-und-Weise, mit der sie immer sprach, los, um ihre glorreichen Regeln für den See vorzutragen.

Wir dürften den Grasstreifen am Ufer nicht betreten, sollten keine Dinge (kleinere Kinder miteingeschlossen) in den See werfen. Auch ansonsten sollten wir immer brav und artig sein. Dass wir die Anweisungen des Lehrpersonals zu beachten hätten und jeder, der gegen die Vorschriften verstieß, sofort nach Hause geschickt werden würde, so sagte sie, sollte uns sowieso klar sein.

Als sie ihre sehr wortreiche Regelbekanntgabe beendet hatte, verteilten sich Schüler und Lehrer wieder auf dem weitläufigen Gelände und alle nahmen ihre Aktivitäten, die sie zuvor abgebrochen hatten, wieder auf.

„Schau mal, was ich gefunden habe!", meinte Sascha und kam auf mich zu.

Er hatte die Hände zu einer Schale geformt und in dieser Schale hockte eine dicke, schwarzbraune Spinne.

„Toll, Sascha – was für ein Riesenvieh. Wo hast du die denn gefunden?", fragte ich ihn.

– „Da hinten im Gebüsch", erwiderte Sascha. „Und weißt du was?", auf seinem Gesicht zeichnete sich ein höhnisches Grinsen ab, „mit der erschrecke ich jetzt Sara!!!"

Daraufhin verschwand er in die Richtung seines nichts ahnenden Opfers. Ich wollte mir diesen Streich auf keinen Fall entgehen lassen und so folgte ich in sicherer Entfernung. Er ging tatsächlich, ohne einen Umweg zu machen, zu Sara, welche sich etwas abseits auf eine Sitzunterlage gesetzt hatte und irgendein Buch las.

– „Sara", flötete Sascha.

„Was ist?", erwiderte sie und schaute auf.

Diesen Moment nutzte Sascha, um die Spinne auf Saras Buch zu platzieren.

„Nichts, nichts. Lies ruhig weiter…", sagte der Bösewicht mit einem vielsagenden Grinsen im Gesicht und machte, dass er schnell davonkam.

Sara schüttelte verächtlich den Kopf und wandte sich wieder ihrer Lektüre zu.

Plötzlich schallte ein hysterischer Schreckensschrei über die Wiese und den See. Sara hatte das Buch von sich geschleudert und war aufgesprungen. Als sie den ersten Schreck überwunden und sich wieder einigermaßen gefasst hatte, drehte sie sich in alle Richtungen, um Sascha ausfindig zu machen.

„Wo steckt dieser elendige Bengel?", hörte ich sie wütend knurren.

Allerdings war Sascha nirgendwo zu sehen.

Die Spinne hatte das Attentat auf Sara allerdings unbeschadet überstanden. Sara hatte das Buch ja weggeschleudert, statt es einfach zuzuklappen. Nun sah ich, wie zwischen den Seiten ihrer Lektüre die dicke Spinne hervorkroch und sich empört aus dem Staub machte.

Saras gute Laune hatte die Attacke allerdings nicht so gut überstanden…

Die anderen Schüler beschäftigten sich wesentlich ruhiger. Einige spielten mit Herrn Kaiser Wikingerschach, einige andere hatten sich Bücher mitgenommen und lasen, wieder andere, vorzugsweise Mädchen, saßen in der Sonne und quatschten miteinander und Sascha verbrachte seine Zeit damit, die in der Sonne sitzenden und quatschenden Mädchen zu erschrecken.

Schulhund Nola war im Gebüsch verschwunden und als sie wieder hervorkam, war sie über und über mit Schlamm besudelt. Das erste, was sie machte war, an Frau Meyer hochzuspringen. Frau Meyer genoss dieses unfreiwillige Schlammbad nicht sonderlich. Danach titulierte sie Nola als „Mistvieh" und sagte ärgerlich zu Herrn Stavning, er solle seinen Hund vernünftig erziehen.

Herr Bruchsaal war mit einigen Grundschülern in den Wald gezogen und hatte Brennholz für ein Lagerfeuer gesammelt.

Sie kehrten erfolgreich wieder – mit einem Holzvorrat, der einen ganzen Winter ausreichen könnte. An der kleinen Feuerstelle oberhalb der Wiese, direkt am See stellte Herr Bruchsaal das Brennholz so auf, dass es ein gutes Feuer geben konnte. Er schaffte auch noch einiges an Reisig als Brandbeschleuniger heran.

Einige Schüler beobachteten mit Unbehagen, dass sich ausgerechnet Herr Bruchsaal um das Feuer kümmerte, aber ihre Unruhe darüber blieb unbegründet: Im Endeffekt kam es doch zum Glück nicht wirklich zu einem Waldbrand, auch wenn es manchmal stark danach ausgeschaut hatte.

Uns allen wäre es lieber gewesen, wenn wir gesehen hätten, dass sich Herr Kaiser ums Feuermachen gekümmert hätte.

(Gut, auch Herr Kaiser hatte es im Chemielabor einmal geschafft, eine Explosion… – aber das ist ja jetzt egal – Verletzte hatte es damals schließlich nicht gegeben und es war ja auch noch an einer anderen Schule).

Gegen sechs Uhr begannen die Vorbereitungen fürs Abendessen. Frau Valea hielt es für nötig, für die Schüler irgendein breiiges Gericht zuzubereiten, das sie in einem großen Kessel über dem Feuer kochte. Diejenigen, welche feste Nahrung dem Valea-Brei vorzogen, suchten sich längere Stöcke zusammen und machten über dem Feuer Stockbrot. Die Frau von Herrn Lettenbichler, die richtig nett war, verbrachte den Abend mit am Lagerfeuer sowie die älteren Kinder von Frau Valea. Schulhund Nola war natürlich auch da und streifte schwanzwedelnd ums Feuer und zwischen all den Schülern hindurch, die sich angestellt hatten, um sich bei Frau Valea ihr Abendessen ausgeben zu lassen. Nola schmeckte dieser Brei, wie sich herausstellte, als ein kleines Grundschulmädchen ihn achtlos am

Boden stehen ließ und Nola sofort hungrig die Schnauze hineinsteckte. Sie ließ keinen Bissen übrig und leckte die Schale nachher sogar sauber aus.

Am Lagerfeuer herrschte eine recht fröhliche Stimmung. Sogar die Lehrer waren guter Laune und plauderten ganz vergnügt miteinander.

Als es langsam dunkel und damit auch kühler wurde, strömten alle Schüler der Hiob-Schule zum Lagerfeuer.

Einige Mädchen hatten furchtbare Angst, da Jonas aus der fünften Klasse ihnen versichert hatte, dass im Wald ein Entführer herumschleichen würde. Einige Freunde von Jonas machten sich dann einen Spaß daraus, die wildesten Geschichten von alten, kinderfressenden Einsiedlern zu erfinden und erzählten den Mädchen, sie hätten einen Schatten im Wald gesehen. Da war der Schrecken für diese natürlich komplett. So drängten sie sich nah zu den Lehrern um das Lagerfeuer.

Herr Kaiser holte seine Gitarre und wir sangen ein paar Lieder. Sara war schon wieder schlecht drauf, da Gulio aus der zehnten Klasse, der für sie Stockbrot machen sollte, während Frau Meyer verschiedene Anekdoten aus ihrer eigenen Schulzeit erzählte, leider den Stecken mit dem Teig darauf direkt in die Flamme gehalten hatte und es dadurch komplett verkohlte. (Nola fraß die achtlos weggeworfenen Reste trotzdem, aber Sara musste sich nochmal selbst um ihr Abendessen kümmern).

Nach dem Liedersingen schickten die Lehrer uns ins Bett, beziehungsweise in den Schlafsack.

Ein Junge aus der vierten Klasse wollte den verschreckten Mädchen beweisen, dass im Wald kein Entführer lauerte und kam ziemlich schnell recht verängstigt wieder zurückgerannt, weil er meinte, eine schwarze Gestalt im Wald gesehen zu haben. Als kurz darauf plötzlich ein großer, dunkel gekleideter Mann mit Taschenlampe aus dem Gebüsch ganz in der Nähe hervorkam, brach im Lager der Mädchen ein lautes Panikgeschrei aus. Es legte sich allerdings ebenso schnell wieder, wie es aufgekommen war, als sich herausstellte, dass es sich bei dem schwarzen Schatten um Herrn Kaiser handelte, der nur mal kurz im Wald austreten war.

Es dauerte noch eine ganze Weile, doch schließlich kehrte Stück für Stück Ruhe im Lager der Hiob-Schüler ein. Nur die Lehrer saßen noch um das Lagerfeuer und unterhielten sich. Manchmal trieb der Wind Fetzen ihrer Unterhaltung hinüber zu den zum Großteil schon schlafenden Schülern und manchmal konnte man sie laut lachen hören – es war nur zu mutmaßen, was für Witze Herr Bruchsaal nun schon wieder erzählt hatte. Es sind schon manchmal echt alberne Lehrer…

Aber irgendwie sind sie auch ganz schön cool!

AM NÄCHSTEN MORGEN:

Am nächsten Morgen wurden wir alle durch einen schrillen Schrei geweckt. Die Mädchen waren sofort wach und lagen, wie gelähmt vor Angst, dass der Entführer nun doch zugeschlagen hätte, in ihren Schlafsäcken. Frau Valea, die schon am wachsten von allen Lehrern war, kam sofort angerannt, denn es handelte sich um ihre Tochter, die geschrien hatte. Es stellte sich heraus, dass Sascha schon vor Sara wach gewesen war.

Den Rest kann man sich denken.

Aber auf vielfaches Bitten von Sara habe ich versprochen, kein überflüssiges Wort über diesen Sachverhalt zu schreiben und so werden Sie nicht erfahren, was Sascha jetzt schon wieder angestellt hatte...

Nach einem umfangreichen Frühstück und einer Andacht am Lagerfeuer brachen wir das Lager ab, verstauten unser Gepäck in dem kleinen wackligen Schulbus, einem verbeulten, silbernen Kleinbus aus der Nachkriegszeit und machten uns auf den Weg zurück zur Schule.

Unterwegs passierte nicht mehr sonderlich viel. Herr Bruchsaal ging mit den Mädels aus der fünften und sechsten Klasse ganz hinten und sang laut und falsch peinliche Kindergartenlieder – das war auch schon alles. Der Weg zurück zur Schule dauerte doch etwas länger als erwartet, genaugenommen fast eine ganze Stunde, so dass wir gegen dreizehn Uhr fünfzig ziemlich erschöpft an der Schule eintrafen, unser Gepäck aus dem Schulbus, der schon dastand und auf uns wartete, ausluden und uns auf den Heimweg machten, um uns von den Strapazen dieser langen Woche zu erholen.

Sonntag, 2. Juni
Kroatien!

Heute habe ich bei mir zu Hause meine Dachkammer aufgeräumt.

Es war schon lange überfällig, daher war es auch ein ziemlicher Akt. Aber bei der Wahl zwischen Mathe-Hausaufgaben oder Aufräumen fiel mir die Entscheidung doch recht leicht…

Es hat sich allerdings gelohnt, da ich einige wichtige Dinge wiedergefunden habe. Zum Beispiel mein Notizbuch, das ich während der Kroatien-Klassenfahrt verwendet hatte. Damals (ich war in der fünften Klasse) ist die ganze Realschule für eine Woche nach Kroatien gefahren und hat die Zeit dort auf einem kleinen Passagierschiff verbracht.

„Sieh mal an – das gibt es also auch noch", dachte ich, als ich es ganz unten in einer Schublade gefunden hatte. Schmunzelnd lehnte ich mich mitten in dem Meer von Müll und Antiquitäten zurück und begann zu lesen.

SONNTAG: 23:00 UHR NACHTS,
AN DER SCHULE:

Der Reisebus fuhr viel zu spät an der Schule vor. Dreißig müde, aber aufgeregte Schüler und vier Lehrer, nämlich Herr Kaiser, Frau Valea, Herr Bruchsaal und Frau Meyer stiegen in den Bus ein, suchten sich Plätze und machten es sich, so gut es möglich war, bequem.

Als der Bus abfuhr, stand noch ein kleines Grüppchen von Eltern an der Schule und winkte.

Die Fahrt war wirklich sehr lang.

Mit dem Bus nach Kroatien! Eine recht verrückte Idee, da ein Flughafen doch gar nicht so weit entfernt lag und die Reise mit dem Flieger nicht viel mehr gekostet hätte. Und es wäre sicherlich deutlich schneller gegangen. Zehn Stunden Fahrt! Das kann richtig langweilig sein – schlafen kann man sowieso nicht, wenn man mit der ganzen Realschule in einem Bus sitzt. So wurde es eine ziemlich lange Nacht.

Wir fuhren durch halb Bayern, danach durch Österreich (wo wir den Sonnenaufgang über den Alpen bewundern konnten) und Slowenien (wo wir zu müde waren, um überhaupt etwas zu bewundern), dann überquerten wir die kroatische Grenze. Mittags kamen wir auf Krk an.

Das Schiff lag bereits im Hafen und wir konnten ohne Probleme und Turbulenzen einchecken. Die Schiffscrew hatte ein fantastisches Willkommensbuffet gezaubert und die Schüler bedienten sich eifrig. Als alle satt waren, richteten wir uns in unseren Kabinen ein.

Aufgrund der geringen Größe der Kabinen gab es nur Zweierzimmer. Ich war für dasselbe Zimmer wie Felix Bruchsaal eingeteilt. So mussten wir wohl oder übel die nächsten Tage miteinander auskommen. Felix ist ein ganz angenehmer Zeitgenosse, doch er kommt ganz und gar nach seinem Vater – und dass dieser einem hin und wieder ganz schön auf die Nerven gehen kann, haben Sie ja sicherlich schon gelesen.

Über den restlichen Tag gibt es eigentlich nicht viel zu sagen. Wir alle waren von der langen Busfahrt recht k.o und gingen sehr zeitig ins Bett.

DER ERSTE TAG AN BORD:

Nach der ersten Nacht waren wir alle schon wesentlich erholter. Wobei – nicht alle. Sara war über Nacht seekrank geworden und erschien kreidebleich auf dem Deck. Sie frühstückte nichts, im Gegensatz zu den meisten andern, die in sich hineinfutterten, als müssten sie sich Fett für den Winterschlaf anfressen. Nach der Mahlzeit holte Herr Kaiser seine Gitarre hervor und leitete die Andacht mit einigen Liedern ein.

Anschließend erhob sich der Prediger, der vom Organisator als „geistlicher Reisebegleiter" angeheuert worden war – Frau Meyer hatte eigentlich gewollt, dass auch auf der Klassenfahrt die Lehrer die Andachten halten sollten, doch dies war von der Reiseleitung zurückgewiesen worden. So hatte sie diesen „Reiseprediger" engagiert.

„Ich hatte ja gestern Abend schon erzählt", fing jener nun an, „dass ihr alle…"

– Weiter kam er nicht, da ihm eingefallen war, dass er etwas Wichtiges vergessen hatte.

Er begann hektisch seine Hose abzutasten und fragte leicht verärgert: „Wo sind denn meine Samen?".

Als er darauf noch seine Frau fragte: „Schatz, hast du meine Samen gesehen?", bekam irgendein irregeleiteter Teenager aus der neunten Klasse einen Lachkrampf.

Dem Prediger ging daraufhin die Tragweite seiner Worte auf und er prustete ebenfalls los. Auch Herr Bruchsaal konnte sich nicht mehr halten und so lachte bald der komplette Speisesaal.

Als der Prediger „seine Samen" (es handelte sich um eine Packung Senfkörner, mit der er seine Ausführungen anschaulich untermalen wollte) endlich in einer seiner Hosentaschen gefunden hatte und sie nun in die Höhe hielt, musste der erwähnte Neuntklässler vor die Tür gehen, da er vor Lachen beinahe erstickt wäre. Nachdem sich nach acht Minuten alle wieder einigermaßen beruhigt hatten, ließ der Prediger seine vorbereitete Andacht sausen und sprach, unter Mühe beherrscht, ein kurzes Gebet.

Nach dem Mittagessen legte das Schiff an einer Insel an, die wie ausgestorben aussah.

Während die sportlicheren unter den Schülern mit Herrn Bruchsaal eine Radtour auf die andere Seite der Insel machten, gingen die etwas weniger Sportlichen und die Faulen (zu denen ich mich ehrlicherweise zählen muss) mit Herrn Kaiser zu einem nahe gelegenen Felsenstrand.

Wie Sie ja im Laufe dieses Buches bereits mitgekriegt haben, ist der 0/8/15 Hiob-Schüler nicht gerade sehr leise und sehr brav. Leander und Sara fanden am Strand einen Haufen Seeigel-Skelette und tote Krebse. Herr Kaiser fand das recht ekelhaft, was die beiden Schüler natürlich dazu anstichelte, möglichst viele dieser Tierleichen zu sammeln und jeden Fund Herrn Kaiser genau zu präsentieren. Aber wir beschäftigten uns auch noch mit anderen Dingen und hatten einen sehr lustigen Nachmittag.

Doch die Lautstärke, die Sara, Leander, Sascha und die anderen an den Tag legten, wurde von einigen Leuten als nicht besonders amüsant empfunden.

Eine grimmig dreinblickende, uralte, kroatische Dame kam gegen halb fünf gemächlich in ihrem elektrischen Rollstuhl vorbeigefahren und rief Herrn Kaiser mit wuterfülltem Unterton in einem unverständlichen Kauderwelsch (es muss wohl kroatisch gewesen sein) irgendetwas zu.

Dieser drehte sich zu ihr und rief zurück: „Tut mir leid! Wir verstehen Sie nicht. Wir Deutsch!!"

Die alte Dame schien nicht richtig verstanden zu haben, denn sie schrie mit der gleichen Aggressivität wie zuvor zurück: „Ja ja, Deutsch! Njemački turisti se ne mogu ponašati! Uvijek stvaraju probleme i vrište uvijek Ah - Ah - Ah. Kako to čovjek može izdržati?! Glupa krava!"

Herr Kaiser setzte noch zu einem letzten Versuch an: „Wir sind Deutsche! German! We can`t understand you! Sorry."

Sie schien zwar nicht zu verstehen, ließ sich aber trotzdem noch einmal dazu herab, mit uns zu sprechen.

Sie fixierte Herrn Kaiser und plärrte in gebrochenem Deutsch zu uns herüber: „Blöde Kuh!"

Dann entfernte sie sich leise auf Kroatisch vor sich hinschimpfend.

Herr Kaiser sah uns Schüler an. Sein Blick war schwer zu beschreiben. Wir sahen alle ebenso peinlich berührt aus.

Es schwang Unsicherheit und Verlegenheit in Herrn Kaisers Stimme mit, als er sagte: „Ich glaube, es ist besser, wir gehen zurück aufs Schiff!"

EIN WEITERER TAG AN BORD:

Am Morgen des nächsten Tages sah die Gesellschaft am Frühstückstisch schon deutlich ausgeschlafener aus. Auch Saras Seekrankheit wurde langsam besser. Großen Appetit hatte sie trotzdem noch nicht.

Nach dem Essen fand ich in meiner Kabine eine günstige Gelegenheit vor, Felix eine Lektion zu erteilen. Wie bereits erwähnt, kommt er ganz nach seinem Vater. So war es eben auch so, dass er mir seit der Ankunft mit seinen bruchsaalischen Verrücktheiten auf die Nerven ging.

(Ich sollte noch erwähnen, dass die Türen der Toilettenkabinen an Bord sowohl von innen als auch von außen einen separaten Hebel zum Verriegeln hatten. So kommt man, wenn man von innen abschließt, nicht rein und umgekehrt.)

– Mein Leser kann sich nun wahrscheinlich schon denken, was ich tat.

Felix saß nichts Böses ahnend auf der Toilette und hatte von innen abgeschlossen.

Einfach herrlich, wie er tobte, als er feststellen musste, dass der äußere Riegel vorgeschoben war!

Zuerst lachte er und versuchte, durch die Türe mit mir zu verhandeln. Als ich nicht mit mir verhandeln ließ, lehnte er sich so weit er konnte aus der kleinen Fensterluke, die sich in unserem Badezimmer befand, und begann laute Geräusche zu machen. Ich war so schnell ich konnte aufs Oberdeck geflüchtet und hörte nun die lebende Sirene aus der Kabine.

Ben kam auf mich zu. „Kommt das komische Geräusch aus eurer Kabine?", fragte er mich.

„Ja", erwiderte ich ihm grinsend, „das ist Felix, mein Zimmerkollege. Er ist mir auf den Geist gegangen, also hab ich ihn eingesperrt."

Ben lachte: „Danke für den Tipp, sollte ich auch mal mit Leander machen..."

Dann schlenderte er wieder davon.

Kurze Zeit später musste ich den Eingesperrten allerdings wieder freilassen, da sein Toben nun doch etwas lästig wurde und zwar nicht nur für mich.

Felix' Rache folgte auf dem Fuß. Allerdings war sie nicht sonderlich kreativ: Er vergalt Gleiches mit Gleichem.

So saß ich eine halbe Stunde später in unserer Toilettenkabine und überlegte fieberhaft, wie ich aus dieser beknackten Lage einigermaßen glimpflich wieder raus käme. Immerhin – nach etwa sechs Minuten ließ er mich wieder laufen. Na wart bloß ab! Dir werd ich's zeigen – irgendwann. Ich weiß nur noch nicht, wo und wie…

Bis auf solche Kleinigkeiten ist es in Kroatien wirklich schön!

Während es in Deutschland kalte acht Grad hatte, herrschten bei uns Temperaturen um die zwanzig Grad. Das Wasser war zwar kristallklar, eignete sich allerdings durch die eiskalten Wassertemperaturen noch nicht wirklich zum Baden. Einige Verrückte aus der achten bis zehnten Klasse haben es mit Herrn Bruchsaal zusammen trotzdem gewagt, als das Schiff heute Mittag einen kleinen Zwischenstopp an einer geeigneten Stelle, etwa dreihundert Meter von der Küste entfernt, machte. Herr Bruchsaal musste natürlich mal wieder übertreiben und sprang vom Oberdeck aus mit dem Kopf voran ins Wasser.

Kurz darauf bekam ich mit, wie der Reiseleiter Frau Meyer fragte, welcher übergeschnappte, lebensmüde Schüler sich denn bitte vom Oberdeck gestürzt habe. Dass dies verboten sei, müsse er doch nicht extra erwähnen, oder? Und so kam es, dass auch Herr Bruchsaal einmal richtig Ärger bekam.

Am frühen Nachmittag legte das Schiff in einem uralten Hafen einer kleinen Insel an.

Ich liebe die Städte auf den kroatischen Inseln. Sie sind voller kleiner, verwinkelter Gassen, Torbögen und in jedem zweiten Hauseingang verbirgt sich irgendein Geschäft. Anders als in München oder auch in anderen deutschen Großstädten sind das allerdings weniger Modeshops (oder Sportgeschäfte…), sondern neben Souvenirshops und Stammkneipen auch zahlreiche Süßwarenläden und Eisdielen. Die Häuser sind meist schöne, alte Häuser, wie man sie normalerweise mit Italien in Verbindung bringt – Kurz: man fühlt sich in eine andere Zeit versetzt.

Später gingen wir alle in Gruppen in die kleine Stadt.

Zusammen mit Sascha, Felix und Gulio schloss ich mich Herrn Bruchsaal und Frau Meyer an. Herr Bruchsaal hatte sich schon den ganzen Tag gockelhaft benommen (was heißen soll: Er war darauf aus, bewundert zu werden – vom weiblichen Geschlecht) und wie das so ist, wenn ein Sportlehrer gockelig (ich weiß, dieses Wort gibt es nicht, es beschreibt allerdings seine Verfassung an diesem Tag am besten) ist: er tut alles, um den Frauen zu imponieren. So scherzte er die ganze Zeit mit Frau Meyer, erzählte ihr Witze und lachte mit ihr. Er spendierte ihr, und aus Großzügigkeit oder vielleicht auch durch die gierigen Blicke seiner Schüler gelenkt, auch Sascha, Felix, Gulio und mir ein Eis an einer kleinen versteckten Eisbude in der Innenstadt.

Und so schlenderten wir Eis essend durch die malerischen Straßen und die verwinkelten Gässchen der Stadt.

Herr Bruchsaal machte andauernd Bemerkungen, die er für sehr geistreich hielt. Zum Beispiel fielen ihm einige hintereinander stehende Fahnenmasten auf.

„Schaut mal", rief er fasziniert aus, „das wäre doch ein Foto wert: die Fahnen wehen alle in dieselbe Richtung!"

Und erst als wir ihn alle etwas verwirrt anstarrten, bemerkte Herr Bruchsaal, dass seine Aussage wohl doch etwas blöd war.

Im nächsten Schuljahr übernahm Herr Kaiser das Schulfach Physik – ob ein Zusammenhang vorliegt, weiß ich nicht…

Doch mit der Fahnen-Geschichte fingen seine Blödeleien erst an. Er war einfach übermäßig gut gelaunt und machte einen ganzen Haufen Blödsinn, den er normalerweise nicht vor seinen Schülern gemacht hätte:

Er setzte sich in der städtischen Musikschule ans Klavier und klimperte darauf herum, sprach einen Mann auf der Straße mit einer kroatischen Vokabel, die er zwar aussprechen konnte, aber nicht die geringste Ahnung hatte, was sie bedeutete, an. Der Mann sah sehr irritiert aus und ging schnellen Schrittes weiter.

Später gingen wir wieder alle zusammen als Schule an einen nahen Sandstrand. Einige Verwegene, die auch schon beim ersten Badegang des Tages dabei gewesen waren, zogen sich ihre Badehosen an und gingen wieder ins Wasser. Herr Bruchsaal war natürlich einer von ihnen.

Er wollte natürlich auch die Lehrerinnen dazu bewegen, ins Wasser zu gehen. Bei Frau Valea schaffte er es tatsächlich (allerdings nur mit purer Gewalt – er hob sie hoch, trug sie zum Meer und ließ sie dann mit einem Platscher ins Wasser fallen).

Bei Frau Meyer war es problematischer, denn sie lief quiekend vor ihm weg. Allerdings schaffte er es trotzdem noch – dabei verknackste sie sich allerdings ihren linken Fußknöchel.

Ein Haufen älterer Schüler saß am Strand und beschäftigte sich mit dem Bau einiger obszön angeordneter Sandhügel, die Lehrer saßen (nachdem sie aus dem kalten Wasser wieder draußen waren und sich trocknen lassen hatten) auf einer Mauer am Ufer und quatschten.

Wir hatten, kurz gesagt, einen schönen Nachmittag.

Am Abend wollte Herr Bruchsaal mit denen, die Lust hatten, eine Tour durch den nahen Wald machen, um einen Geocache zu finden.

Geocaching ist eines von Herrn Bruchsaals größten Hobbys. Es ist eine Art moderne Schatzsuche und funktioniert folgendermaßen: Irgendein Geocachebegeisterter versteckt eine Dose oder sonst irgendwas irgendwo auf der Welt. Die Koordinaten des Caches stellt er dann im Internet auf eine Plattform. Mittels GPS (Global Positioning System) ist jeder Punkt auf der Erde genau festgelegt und wenn man die Koordinaten eines Geocaches in einem GPS-Gerät oder einer solchen App auf dem Handy eingibt, kann man sich wie mit einem Navigationsgerät zu diesem Ort führen lassen, den Schatz dort suchen und bestmöglich auch finden.

Das ist, kurz zusammengefasst, Geocaching.

Die anderen Angebote des Abends waren, mit Frau Meyer auf dem Schiff zu bleiben und Karten zu spielen oder mit Frau Valea noch etwas in die Stadt zu gehen. Beides nichts, was eine interessante Beschäftigung gewesen wäre. Also schloss ich mich der Tour an. Und nicht nur ich. Ein gutes Dutzend anderer Schüler sowie Herr Kaiser gingen ebenfalls mit.

Wir brachen gegen sieben Uhr abends auf.

Da Herr Bruchsaal der einzige war, der über Koordinaten und GPS-Gerät verfügte, hielten wir uns alle nah bei ihm und folgten ihm hinaus aus der Stadt und hinein in den Wald. Als er allerdings nach ein paar Metern im Wald den Weg verließ und ins dichte Unterholz entschwand, warfen sich einige Schüler skeptische Blicke zu. Auch Herr Kaiser schien etwas verunsichert.

„Gerald?", rief er ins dichte Gestrüpp hinein.

„Was ist?", klang die Stimme von Herrn Bruchsaal irgendwo zwischen Laub, Ästen und Gebüsch hervor.

„Bist du dir sicher, dass wir da runter müssen?", fragte Herr Kaiser unsicher.

Herr Bruchsaal erwiderte prompt aus dem Wald heraus: „Natürlich – mein Gerät sagt, dass es hier lang geht."

Herr Kaiser drehte sich zu der Traube von Schülern, die hinter ihm stand um und meinte mit einem schwer zu deutenden Gesichtsausdruck und unheilschwangerem Unterton: „Dann bleibt uns wohl nichts anderes übrig, als Herrn Bruchsaal und seinem *Gerät* zu folgen!"

Damit drehte er sich wieder um und verschwand auch im Unterholz. Wir zögerten kurz, dann folgten wir ihm ins Gebüsch. Herr Bruchsaal war schließlich der erfahrenste Geocacher von uns allen und so mussten wir ihm vertrauen.

Es war schon dunkel, daher leuchteten wir uns den Weg mit einigen Taschenlampen aus. Herr Bruchsaal war uns schon etwa hundert Meter voraus und hatte, so gut es ging, für uns schon einen Weg gebahnt. Im Dickicht wimmelte es nur so von Spinnennetzen. Einige davon wurden offensichtlich auch bewohnt.

Ein paar Mädchen, darunter auch Sara hatten daher sehr schnell genug von der Tour und drehten, mit der Erlaubnis von Herrn Kaiser schon bald wieder um. Wir anderen, die weniger Angst vor Spinnen und anderem Getier hatten, schlugen uns weiter voran, hinter Herrn Bruchsaal her.

Plötzlich fanden wir uns in einer alten, verfallenen Steinruine in kreisrunder Form wieder. Herr Bruchsaal hatte die ganze Zeit nur stumm auf sein GPS-Gerät gestarrt. Jetzt blickte er auf.

„Hier muss es irgendwo sein!" verkündete er.

Alle Schüler begannen sofort die Ruine eifrig abzusuchen. Einige hatten ihre Handys dabei und suchten mit der integrierten Taschenlampe, andere suchten mit einer normalen. Sascha, der sich ebenfalls durch das Dickicht geschlagen hatte, versuchte den anderen mit Gruselgeschichten Angst einzujagen. Allerdings war er der einzige, den es aufgrund seiner Geschichten gruselte.

Herr Kaiser wollte nach etwa zehn Minuten die Suche aufgeben, da uns Frau Meyer schon in naher Zukunft wieder zurückerwartete, aber Herr Bruchsaal war in seinem Element und wollte nicht aufgeben, bevor er nicht jeden Stein der Ruine einzeln umgedreht hatte. Herr Kaiser fügte sich, um keinen Streit mit seinem Kollegen vom Zaun zu brechen und suchte nun auch eifrig weiter mit.

Als wir weitere zehn Minuten später immer noch nichts gefunden hatten, zweifelte allerdings auch Herr Bruchsaal am Erfolg dieser Expedition.

„Okay, langsam reicht's mir auch, wir finden den Cache jetzt nicht!", meinte er ernüchtert und pfiff die Schülerschaft zusammen.

So machten wir uns, ohne etwas gefunden zu haben wieder auf den Weg hinaus aus dem Urwald.

„Mir nach!", kommandierte Herr Bruchsaal und wir anderen folgten ihm wie schon auf dem Hinweg brav durch den Wald.

Leider hatte Herr Bruchsaal nicht auch die Koordinaten des Schiffes, so mussten wir uns alle auf seinen Orientierungssinn verlassen. Das hatte zufolge, dass wir uns mehrfach im Wald verirrten. Dabei trafen wir auch Sara und die anderen Mädchen, die auf halber Strecke umgekehrt waren, wieder.

Deren Orientierungssinn musste ungefähr so gut gewesen sein wie der von Herrn Bruchsaal und so hatten auch sie sich gnadenlos verlaufen. Herr Kaiser war es, der uns letzten Endes wieder auf den richtigen Weg brachte.

Frau Meyer wartete schon wild wie eine Hornisse auf uns.

„Wann, liebe Kollegen, habe ich gesagt, sollen alle wieder zurück an Bord sein?", fragte sie bissig, als die zwei Lehrer mit einem knappen Dutzend Schülern im Schlepptau etwa eine halbe Stunde zu spät an Bord erschienen.

Während sie noch mit Herrn Bruchsaal und Herrn Kaiser schimpfte, stahlen wir Schüler uns lieber still und heimlich in unsere Kabinen.

ABREISE:

Nach sieben Tagen an Bord war die Zeit unseres Kroatien-Aufenthaltes schon wieder vorbei.

Wir packten zusammen und räumten unsere Kabinen auf. Der große Reisebus, mit dem wir vor genau einer Woche hier angekommen waren, stand wieder im Hafen, um uns wieder zurück nach Hergendorf in Deutschland zu bringen. Wir verabschiedeten uns von unseren Reiseleitern, der Crew und dem Prediger, dann stiegen wir in den Bus.

Der Busfahrer war ein lustiger Kerl, der gleich ein Schwätzchen mit den Lehrern begann. Wir fuhren los, durch die malerische Landschaft Kroatiens. Wir passierten die slowenische Grenze ohne Probleme. Und auch die Einreise nach Österreich und später nach Deutschland funktionierte wunderbar. Der einzig erwähnenswerte Zwischenfall ereignete sich in Mittelösterreich, ungefähr auf der Hälfte der Strecke. Einige Vegetarier im Bus hatten sich über veganes Fleisch (Tofu) unterhalten und irgendwie war dieses Gespräch bis zum Busfahrer durchgedrungen.

Auf jeden Fall machte der gute Herr eine Durchsage, deren Wortlaut folgendermaßen lautete: „Was höre ich hier schon wieder von Tofu? Tofu ist doch zusammenpürierter Scheiß mit irgendwas. Bleibt mir damit bloß vom Leib".

Da die Mehrzahl der Schüler der Hiob-Schule Fleischesser sind, brandete im Bus als Antwort darauf Applaus auf.

Der Busfahrer fühlte sich bestätigt, allerdings fühlten sich einige vegetarische Lehrer gekränkt und verweigerten in den folgenden fünf Minuten jegliche Kommunikation mit dem Fahrer, was er nicht so toll fand, da er scheinbar gerne mit ihnen quasselte und sogar schon das Schild mit der Aufschrift: „Bitte während der Fahrt nicht mit dem Fahrer sprechen" in „Bitte während der Fahrt nicht über den Fahrer brechen" umdeklariert hatte.

Wie bereits erwähnt lief der Rest der Fahrt unspektakulär ab, dennoch kamen wir eine Stunde zu spät an der Schule an.

Und so endete um zehn Uhr abends unsere Exkursion nach Kroatien.

Da fällt mir ein, dass ich vielleicht noch die Mathe-Hausaufgaben machen sollte, wenn ich nicht gehörig Ärger mit Herrn Kaiser bekommen will, von wegen „zum fünften Mal in Folge vergessen" und so...

Kapitel VI:

Die letzten
Tage des Schul-
jahrs

Das Schuljahr neigt sich dem Ende zu,
puh, denkt man sich, es kommt endlich zur Ruh.
Denkste – so 'ne Schule ist ständig auf Trab.
Wie sagt man im Volksmund denn gerne knapp?
Wenn man übern Berg ist, geht's nur noch bergab...

Mittwoch, 3. Juli & Donnerstag, 4. Juli
Der Klimawandel

Das Wetter wird von Tag zu Tag sommerlicher.

Die Sonne lässt sich immer häufiger blicken und die Temperaturen klettern stetig das Thermometer nach oben. Schon heute Morgen um sieben Uhr hatte es achtzehn Grad im Schatten, die Gradanzeige am Außenthermometer stieg im Lauf des frühen Vormittags dann so rasant, dass man hätte zusehen können. In der Hiob-Schule wurden heute Morgen schon die ersten Wetten abgeschlossen, ab wann wir Hitzefrei bekommen würden.

Dies war auch die Frage, die wir Herrn Kaiser stellten, als er zu seinen Mathestunden ins Klassenzimmer kam.

Er schüttelte über unser Anliegen bloß den Kopf: „Ihr seid schon eine verwöhnte Klasse: Lehrergeburtstag, Klassenfahrt, Wandertag, Schulübernachtung, Musical, Campingwochenende und jetzt wollt ihr auch noch Hitzefrei?"

– „Sagen wir es mal so", meinte Ben, „wir haben Lehrergeburtstag, Klassenfahrt, Wandertag, Schulübernachtung, Musical und Campingwochenende heil überstanden, da haben wir uns Hitzefrei redlich verdient!"

„Ihr braucht euch aber hier nicht über die Hitze beschweren!", entgegnete Herr Kaiser, „ihr gehört zu den glücklichen Klassen, die eine Klimaanlage im Zimmer haben. Was braucht ihr dann noch Hitzefrei!".

Damit schien er die Sache für erledigt zu halten und wandte sich seinem Mathematikunterricht zu.

Was Herr Kaiser wegen der Klimaanlage vermerkte, entsprach leider der Wahrheit. Neben unserem Klassenzimmer hatten die Klasse 5/6 sowie selbstredend das Lehrerzimmer eine uralte Klimaanlage, die noch älter zu sein schien, als das Schulgebäude. Und der Besitz eben dieses Teiles verschaffte dem Lehrerkollegium jedes Jahr einen Grund, das ungeliebte Hitzefrei doch noch irgendwie zu umschiffen – selbst Herr Kaiser scheint es für undenkbar zu halten, uns wegen der Hitze früher nach Hause zu lassen.

Doch heute sollte dieses Verhalten gerächt werden.

Als Herr Kaiser das Klassenzimmer für kurze Zeit verlassen hatte, um nach einigen Kopien zu suchen, die er wohl irgendwo hatte liegen lassen, schlich sich Ben nach vorne und schaltete die antike Anlage ein. Ein unangenehmes, heulendes Geräusch hob an, senkte sich allerdings schnell wieder – diesen

Aufjauler, wie aus Empörung darüber, dass man sie auf ihre alten Jahre noch benutzt, gab sie jedes Mal beim Anlaufen von sich.

Als sie endlich in Schwung gekommen war und auf Hochtouren lief, gab sie nur noch ein leises schabendes Geräusch von sich. Ben fingerte noch etwas an den uralten Bedienungswerkzeugen herum. Die Anlage kreischte und knatterte empört, dann arbeitete sie wieder ruhig surrend weiter.

Ben setzte sich leise zurück auf seinen Platz, dann raunte er der Klasse verschwörerisch zu: „Herr Kaiser möchte ein klimatisiertes Klassenzimmer? Soll er haben! Ich habe die Anlage auf fünf Grad eingestellt."

Fünf Grad Celsius war das absolute Minimum, das diese Klimaanlage schaffen konnte. Bald merkten wir auch schon die Veränderung. Es wurde kälter im Klassenzimmer, deutlich kälter. Obwohl die Klimaanlage schon ein prähistorisches Stück war, leistete sie doch noch ganze Arbeit. Als die Anlage nun friedlich vor sich hinsummend arbeitete und sich frische, kühle Luft im Klassenzimmer ausbreitete, kam Herr Kaiser wieder zur Türe herein.

„Seht ihr!", meinte er an uns gewandt, „bei solchen Temperaturen braucht ihr nicht um Hitzefrei betteln."

Es wurde noch kälter. Die Temperatur fiel so rasant, dass man glauben konnte, es würde plötzlich eine neue Eiszeit anbrechen. Draußen war die Temperatur hingegen stetig am Steigen, was zur Folge hatte, dass unsere Fenster durch den Temperaturunterschied anzulaufen begannen. Erst leicht, dann immer stärker. Irgendwie sah es so aus, als würden sich schon die ersten Eisblumen an den Scheiben abzeichnen. Wir rechneten derweil aus, wie schnell 297 Liter Wasser bei -3,7 Grad gefrieren würden, wenn bei -1 Grad 1 Liter pro Sekunde gefriert.

Herrn Kaiser begann es nach wenigen Minuten zu viel des Guten zu werden. Er begann außergewöhnlich viel und schnell auf und ab zu laufen, während er uns die nötigen Rechenformeln noch einmal Schritt für Schritt erklärte. Es war offensichtlich, dass ihm fünf Grad dann doch zu kalt waren. Schon nach kurzer Zeit hielt er es nicht mehr aus, ging zur Klimaanlage hin und drehte sie ab.

„Ich glaube, jetzt ist es kalt genug…", meinte er dabei.

Als Ben allerdings in der Mitte der Stunde zur Toilette musste, stellte er, während er aus der Türe ging, die Anlage mit flinken Fingern wieder an. Herr Kaiser bemerkte es nicht, da er gerade dabei war, Leander eine neue Aufgabe zu erklären.

Die neue Eiszeit ließ uns Schüler natürlich auch nicht kalt. Naja, eigentlich schon – auch wir froren den ganzen Matheunterricht hindurch.

Wir rechneten trotzdem, so gut es ging, weiter.

Ungefähr zur Hälfte der Doppelstunde kam es dazu, dass auf dem Fenstersims neben Ben eine Fliege, wohl an durch die Kälte bedingtem plötzlichem Herzversagen, verstarb und in einer kurzen Zeremonie in einem der Blumentöpfe, in welchen arme, alte, halb vertrocknete Zimmerpflanzen ihr Dasein fristeten, beerdigt wurde. Leander stiftete einen kaputten Radiergummi als Grabstein, auf welchen Sara noch eilig die Todesdaten der Stubenfliege vermerkte. Herr Kaiser bekam von dem außergewöhnlichen Todesfall auf unserem Fenstersims sowie von der Beisetzung nichts mit, da er zu diesem Zeitpunkt austreten war.

Als er den Raum, kurz nachdem alle wieder auf ihren Plätzen saßen, betrat, sah er nicht gerade gut gelaunt aus.

„Ihr habt die Klimaanlage wieder angestellt?", fragte er entnervt und stellte dieselbige mit Nachdruck wieder aus – „Da habt ihr uns eine schöne Sauerei eingebrockt", setzte er wieder an, nachdem er einen Blick auf den niedrig gestellten Temperaturregler geworfen hatte, „die Anlage ist nicht für diese niedrigen Temperaturen konstruiert. Jetzt ist auf dem Hof ein Rohr geplatzt und irgendeine Kühlflüssigkeit läuft aus!"

„Cool!", platzte es aus Sascha heraus, „Heißt das, wir dürfen unsere Klimaanlage nicht mehr verwenden?"

„Fürs Erste heißt es das, ja!", antwortete Herr Kaiser düster.

„Dürfen wir mal sehen, wo es ausläuft?", fragte Sascha weiter.

„Meinetwegen, schaut euch kurz an, was für eine Sauerei ihr angerichtet habt", erwiderte Herr Kaiser mit sarkastischem Unterton.

Kurz darauf stand die ganze Klasse sieben und acht andächtig in einem kleinen Grüppchen auf dem Pausenhof und sah sich die Bescherung an. Aus einem der Rohre, die an der Wand des Schulhauses verliefen, tropfte langsam irgendeine durchsichtige Flüssigkeit. Unter dem Rohr hatte sich eine riesige Lache dieser Brühe gebildet. Auf der anderen Seite des Hofes standen die Schüler der ersten und zweiten Klasse. Sie hatten scheinbar Werkunterricht oder so etwas Ähnliches hier draußen auf dem Hof gehabt und dann war das Rohr geplatzt.

Frau Fiore stand bei der Gruppe und war gerade damit beschäftigt, eine kleine Erstklässlerin (es war die, welche während des Musicals aufs Klo gemusst hatte) zu trösten, die von oben bis unten klitschnass war. Sie musste wohl unter dem Rohr gestanden haben, als der erste Flüssigkeitsguss runter kam.

Wir standen still, aber leicht fasziniert da und ließen die Szene auf uns wirken. Soeben war unsere Chance auf Hitzefrei enorm gestiegen, das war uns allen bewusst.

„Die Ausreden der Lehrer sind dahin…", meinte Ben grinsend.

Wir anderen nickten wissend.

Am Ende der Mathestunde kam die Diskussion erneut auf das Thema „Hitzefrei".

„Menschenskinder – könnt ihr euch denn nicht damit abfinden, mal ein oder zwei Wochen in einem Klassenzimmer mit über fünfundzwanzig Grad Unterricht zu machen?", fragte Herr Kaiser, dem dieser Punkt schon auf die Nerven ging.

„Herr Kaiser – was für eine Staatsform ist eigentlich diese Schule?", schaltete ich mich in das Gespräch ein.

Unser Lehrer wirkte kurz verdattert, dann begann er zu überlegen.

„Wenn wir hier demokratisch wären, könnten wir die Mehrheit entscheiden lassen, ob sie bei 30 Grad noch Unterricht haben wollen", führte ich meine Idee fort.

„Wir sind aber keine Demokratie", entgegnete Herr Kaiser schnell.

„Das hatte ich mir gedacht", meinte ich nüchtern, „wir gehen eher in die Richtung Diktatur."

– „Bitte was?!…", stotterte Herr Kaiser, dann hielt er kurz inne und überlegte.

„Nein", meinte er dann fest, „wir sind eine Monarchie. Frau Meyer ist die Königin!".

Damit war das Thema für ihn erledigt und er verließ schnell das Klassenzimmer.

Die Zeit verstrich und die Temperatur bei uns im Klassenzimmer stieg langsam wieder an. Die Sonne schien zum Fenster herein und ließ die Arbeit der Klimaanlage Stück für Stück verblassen.

Die Konzentration bei den Schülern war bei den steigenden Temperaturen und dem tollen Wetter draußen natürlich alles andere als gut.

Auch Frau Meyer war das offensichtlich aufgefallen. Daher bekamen wir heute eine verlängerte große Pause – eine gute Idee. Zwar kein Hitzefrei, trotzdem toll!

Die Begeisterung bei den Schülern über diese Entscheidung war dementsprechend groß. Einige Jungs aus der Grundschule spielten mit einigen Fünft- und Sechstklässlern „Räuber und Gendarm", die Grundschulmädchen spielten Pferd oder Gummihüpfen. Die Realschüler lümmelten irgendwo herum, nutzten die Zeit, um sich auf Arbeiten vorzubereiten, vergessene Hausaufgaben nachzuholen oder um politische bzw. polemische Diskussionen zu führen.

Die Sache mit der Klimaanlage schien eigentlich schon abgeschlossen. Allerdings sollte sich in diesem Themenbereich doch noch etwas tun...

Als die große Pause zur Hälfte um war, fiel mir etwas ins Auge, was der Pausenaufsicht bislang offensichtlich entgangen war. Drei Grundschüler standen unterhalb der Ventilatoren, die in Kästen draußen an der Wand ununterbrochen für die Klimaanlage ventilierten. Bei einem der drei Kästen war das Schutzgitter vorne nicht mehr vorhanden – seit wann, weiß ich nicht. Es kann sein, dass nie eines dran war. Und genau das Fehlen dieses Gitters wurde nun zum Verhängnis, denn so konnten die Grundschüler bequem Steine und Äste in den sich drehenden Ventilator werfen. Eben dies taten sie gerade, so wie es aussah, mit Freude.

Und dann geschah es: Als einer der Grundschüler einen besonders großen Ast aufhob und mit voller Wucht in den Ventilator warf, verkeilte sich dieser. Im Inneren der Anlage krachte, rumpelte und donnerte es. Die ganze Klimaanlage schien in diesem Augenblick zu zerbersten.

Kurzes betretenes Schweigen auf dem Pausenhof – jeder hatte das Geräusch gehört und knapp ein Drittel der Schüler hatte auch gesehen, wie es passiert war. Und eben diese Schüler, ja, ich gebe zu, ich auch, begannen, einer nach dem anderen, verhalten Beifall zu klatschen.

Die Klimaanlage war nun endgültig hinüber.

Das stellte sich nach der Pause heraus, als Ben (nur mal um es auszuprobieren) die Klimaanlage einschaltete. Es krachte und knarzte irgendwo und dann flog mit einem plötzlichen Knall die Sicherung in der gesamten Schule raus.

Die Lehrer waren selbstverständlich nicht im Geringsten von der Zerstörung der Klimaanlage angetan. Wahrscheinlich lag es daran, dass ihr Hauptargument gegen Hitzefrei sich soeben mit der Klimaanlage verschrottet hatte.

Auch Sara war nicht besonders angetan von der kaputten Anlage, denn seit Ben sie auf ihre Funktionsfähigkeit überprüft hatte, tropfte Kühlflüssigkeit durch die Decke direkt auf Saras Tisch.

Da unser Raum durch die Eiszeit in den ersten beiden Stunden noch nicht überhitzt war, sah es mit Hitzefrei, trotz einer Stunde Mittagsschule, noch nicht so gut aus. Doch schnell war irgendein Schüler unserer Klasse auf eine Idee gekommen, dem Ganzen abzuhelfen. So waren, als Herr Kaiser das Zimmer betrat, alle Fenster sperrangelweit geöffnet und über dreißig Grad heiße Luft strömte in das eigentlich gut klimatisierte Zimmer.

Es liegt natürlich auf der Hand, dass Herr Kaiser keine sonderlich gute Laune hatte.

Als wir ihn zum Schulschluss um 14:45 Uhr nochmal nach den Chancen bezüglich Hitzefrei in den nächsten Tagen fragten, meinte er bloß, dass wir darauf keinen Anspruch hätten, da wir im Klassenzimmer eine Klimaanlage hätten, durch die wir, wenn diese noch funktionieren würde, kühlere Temperaturen im Zimmer bekommen würden.

Als Sascha ihn sanft darauf hinwies, dass das allerdings nicht mehr der Fall war, grummelte Herr Kaiser nur irgendwas Unverständliches und verließ den Raum.

Also ehrlich… Ein Argument war das jetzt wirklich nicht!

Als ich am nächsten Morgen in der Schule eintrudelte, waren die Auswirkungen der defekten Klimaanlage schon deutlich zu spüren. Nicht nur in messbaren Werten wie bei der Temperatur, die im Schulgebäude nun wirklich auf einer Höhe angelangt war, bei welcher man Hitzefrei als echt berechtigt ansehen könnte, sondern auch bei den emotionalen Auswirkungen.

Herr Bruchsaal, mit welchem ich auf dem Flur beinahe zusammengeprallt wäre, sah gestresst aus und schien mich kaum wahrzunehmen. Frau Meyer ließ durch einen Abgesandten verkünden, sie wolle vor der Andacht noch ein paar Sachen sagen. So eine Ankündigung verheißt meist nichts Gutes. Frau Meyer ist eigentlich eine humorvolle Lehrerin mit einem guten Draht zu ihren Schülern. Die Zeit in der Grundschule, in der ich sie als Lehrerin hatte, habe ich in sehr guter Erinnerung, aber wenn sie alle Schüler in einem Klassenzimmer zusammenruft, um dort „noch ein paar Sachen zu sagen", dann heißt das fast immer, dass es mächtig Ärger gibt. Womit das dieses Mal zusammenhing, lag ja auf der Hand…

Als sich alle Schüler der gesamten Schule im größten Klassenzimmer, nämlich in dem der Klasse 5/6, versammelt hatten, legte sie mit ihrer Strafpredigt bezüglich der kaputten Klimaanlage los.

– „Ich bin enttäuscht und traurig darüber, dass so etwas an unserer Schule geschehen kann", begann sie.

Die drei Schuldigen saßen im hinteren Teil des Klassenzimmers am Boden und schienen am liebsten in demselben versinken zu wollen.

Als Frau Meyer fertig war mit ihrer Standpauke, sah sie so aus, als hätte sie ordentlich an Dampf und Frust ablassen können. Sie wirkte wesentlich entspannter als zuvor.

Die Schüler hingegen nicht unbedingt (aber das war ja auch Sinn und Zweck des Ganzen…).

Trotz der stickigen Luft und den hohen Temperaturen fragte heute keiner nach, ob wir nicht endlich Hitzefrei bekommen würden.

Sascha und Ben verhielten sich in den Pausen heute erstaunlich leise.

Sie waren damit beschäftigt, eine der halb verkümmerten Topfpflanzen, die auf dem Fensterbrett in unserem Klassenzimmer standen, mit einem Tacker, einem Locher und einer Schere zu frisieren. Es sah nicht sonderlich gut aus, was sie da zusammenschusterten.

Frau Meyer fand anscheinend die „neue Frisur" der Topfpflanze auch nicht besonders gelungen, als sie in der Vesperpause in unserem Klassenzimmer vorbeischaute. Das brachte das Fass erneut zum Überlaufen...

Die Zerstörung der Klimaanlage hat offensichtlich mehr Auswirkungen, als wir gestern geahnt haben. – Erstmal natürlich den Klimawandel. Nicht den weltweiten, über den die Medien sich täglich auslassen, sondern einen schulhausinternen (von dem nun wirklich keiner bestreiten kann, dass er menschengemacht ist) und dazu auch noch Frau Meyers (nicht ganz unberechtigte) schlechte Laune.

Zum Glück geht es auf die Sommerferien zu!

Montag, 08. Juli
Fragen und Antworten

„**H**err Kaiser?", fragte ich möglichst unauffällig.

„Was ist denn?", erwiderte er ruhig.

„Erinnern Sie sich noch an München?", fragte ich scheinheilig weiter.

„Äh, ja?!" gab er als Antwort zurück. Ein leichter nervöser Unterton schwang bei dem, was er sagte mit.

„Was war mit Frau Meyers Lachanfa…",

Weiter kam ich nicht, da Herr Kaiser mir sofort das Wort abschnitt:

„Lachanfall??? Ich habe keine Ahnung, wovon du sprichst!" – Diesmal hatte *er* einen scheinheiligen Unterton in der Stimme – „Kannst du mir etwa sagen, wohin eure Tafelschwämme verschwinden?"

„Tafelschwämme??? Ich habe keine Ahnung, wovon Sie sprechen!", gab ich ebenso scheinheilig zurück.

„Es ist wie verhext!", schimpfte Herr Kaiser weiter, „heute sind drei Stück aus eurem Klassenzimmer verschwunden! DREI STÜCK!!! Wohin kommen die, wer nimmt sie weg und wo versteckt er sie? In den Schränken, hinter den Schränken und in den ganzen Schubladen hab ich, als ich das letzte Mal Zeit dazu hatte, nachgeschaut – nichts! Vielleicht sollten wir eine Überwachungskamera bei euch im Klassenzimmer aufhängen…"

„Ist an den Gerüchten was dran, dass Sie für nächstes Schuljahr eine XXL-Packung mit 250 Tafelschwämmen bestellt haben?", fragte ich neugierig.

„Hmpf", gab Herr Kaiser eindeutig zu verstehen.

Er geriet immer, wenn das Thema auf die Tafelschwämme kam, automatisch in schlechtere Stimmung

„Zurück zum eigentlichen Thema: Ich wollte sie
noch fragen…", holte ich aus, kam aber wieder
nicht weiter, da Herr Kaiser mir die Tür des Lehrerzimmers hastig vor der Nase schloss.

So ein Mist!

Montag, 29. Juli
Alles auf Anfang

Die Klimaanlage – wie oft haben Lehrer und
Schüler in den letzten Wochen darüber geredet? Sicherlich mehrere hundert Mal.

Frau Meyer hatte zwar schon einmal einen Klempner in die Schule geholt, doch dieser hatte, als er
die Klimaanlage sah, einen Lachkrampf bekommen
– keinen so schlimmen, wie Frau Meyer in München, aber scheinbar doch einen recht gewaltigen.

Unter Lachtränen habe er dann gesagt, so erzählte
es Frau Meyer keine zehn Minuten später auf dem
Flur aufgebracht ihren Kollegen, verarschen könne
er sich auch alleine und danach soll er gefragt haben, wo wir die Anlage denn ausgebuddelt hätten.

Klar, dass Frau Meyer wütend war. Diesmal zum Glück auf den Klempner und nicht auf uns Schüler. Uns gegenüber ist sie wieder sehr verträglich.

Sie hat der ganzen Schule einen Tag im Freibad gegönnt und danach allen Schülern ein Eis spendiert. Mit einer solchen Schulleitung kann man wirklich gut auskommen...

Sascha fand das auch, obwohl eine Kugel Eis, laut ihm, viel zu wenig sei.

Das Schuljahr liegt nun fast komplett hinter uns und doch fühlt es sich so an, als seien die Anfangsfeier und der Wandertag erst eine Woche her.

Heute Vormittag war schon stark zu spüren, dass es dem Ende des Schuljahrs zuging. Unterricht hatten wir keinen mehr – stattdessen verbrachten Lehrer und Schüler den Schultag auf dem Pausenhof.

Die, welche ihre Badesachen und den nötigen Mut mitgebracht hatten, gingen in dem Bach, der durch unser Schulgelände floss, baden.

Ich stand in einer kleinen Gruppe am Ufer im Schatten der Bäume, die unseren kleinen Schulhof säumten und sah meinen Mitschülern beim Planschen in dem recht verschmutzten Wasser zu.

Nadja versuchte jedem, der vorhatte, ins Wasser zu gehen, zu erklären, dass sie sicher nicht in der

Brühe baden würde, da sie wüsste, was weiter oben alles für Abfall in den Fluss gekippt wurde.

Allerdings hatten ihre Abschreckversuche keinen Erfolg. Weiter vorne, wo es ein bisschen flacher war, spielten die Grundschüler im Wasser, weiter hinten befand sich die Badestelle der Realschüler. Der Grundschüler, der in dem Bach schon einmal eine Schwimmstunde genommen hatte, hatte keine Badesachen dabei, wollte allerdings zwei Mädchen aus einer niedrigeren Klasse noch einmal zeigen, von wo aus er in den Bach gefallen war. Die zwei Mädchen schauten ihm gespannt zu, als er sich die Böschung hinab hangelte und ihnen dabei die Geschichte noch einmal haarklein erzählte. Und die zwei lachten sich halb schlapp, als der Viertklässler dummerweise auf der Hälfte der Böschung den Halt verlor, den Hang hinab zum Bach rutschte und mit einem Riesenplatscher direkt zwischen Leander und Sascha im Wasser landete.

Am Nachmittag folgte dann die Schulabschlussfeier. Logisch – wenn das Schuljahr mit einer Einschulungsfeier beginnt, dann muss es auch eine Schulabschlussfeier geben. Diese Feier verlief daher auch sehr ähnlich wie die Festlichkeit zum Schulanfang.

Alle Schüler mussten selbstverständlich eine Stunde vor eigentlichem Beginn (also um 15 Uhr) anwesend sein. Was in dieser Zeit eigentlich passieren sollte, wusste keiner, denn tatsächlich war überhaupt nichts los! Außer, dass ein paar fleißige Mütter den kargen Raum mit einigen Scherenschnitten, Tüchern und einlaminierten Buchstaben dekorierten und sich einige fleißige Väter mit besorgtem Blick über die Technikanlage beugten.

Sie kennen das ja schon…

Und wir Schüler, zumindest die, welche schon etwas länger an der Schule waren, kannten es auch schon zur Genüge.

Als eine halbe Stunde nach dem eigentlichen Beginn endlich alle so weit waren, betrat Frau Meyer die Bühne.

Sie begrüßte die Anwesenden und entschuldigte sich für die Verspätung: „Ich hoffe (*knirsch, krach*) dass alle (*knarz, rausch*) das Schuljahr ebenso (*langer, in den Ohren schmerzender Quietschton*) ebenso erfolgreich (*rausch, knarz, kbqezbf*) fanden, wie ich es empf… (*hier hat sich das Mikrofon von selbst stumm geschaltet*).“

Alle Anwesenden guckten kurz irritiert, als das Mikrofon wieder anging und Frau Meyer die Gelegenheit gab, sich für die technischen Probleme zu entschuldigen: „Ich (*knarz, rausch, kbqezbf*) hoffe, Sie können (*quiek, knarz*) die Feier trotzdem (*knirsch*) genießen!".

Danach wechselte Frau Meyer das Thema und begann, darüber zu sprechen, wie sehr sie das Schuljahr genossen hatte, wie herrlich es doch war, mit Kindern zu arbeiten, und wie fein sich doch alle Schüler benommen haben (irgendwie hab ich das anders mitbekommen, aber sie hat wohl selbst ihren Ausraster vor ein paar Wochen wieder vollkommen vergessen...).

Als Nächstes begann sie, darüber zu reden, wie viele tolle Erfahrungen sie mit den Zehntklässlern gemacht hatte, und wie sehr es sie freute, dass diese ihren Abschluss so brillant bestanden hatten und wie sehr sie die drei im kommenden Jahr vermissen würde. Als Frau Meyer dem Publikum in blumigen Worten das traute Schulglück der Hiob-Schule vorgemalt hatte, betrat Herr Wolf das Podium. Es kam zu einigen unschönen Rückkopplungen, die sich so anhörten, als würde die gesamte Technik auf einmal zusammenbrechen.

Nachdem der Vater am Technikpult hektisch alle verantwortlichen Geräte abgestellt und wieder neu eingestellt hatte, begann Herr Wolf mit seiner Ansprache. Er redete lange und die Ansprache unterschied sich im Wesentlichen nicht von seinem Religionsunterricht.

Nachdem Herr Wolf fertig geredet, die Zehntklässler in einer feierlichen Zeremonie ihre Abschlusszeugnisse erhalten und ihre Abschlussreden gehalten hatten, kam der Elternbeirat noch auf die Bühne, um sich bei den Lehrern für ihre unglaublich großartige Arbeit zu bedanken. Als Ausdruck dieses Dankes überreichten sie jedem Lehrer einzeln ein kleines Geschenk, das vermutlich Herrn Stavnings Frau gebastelt hatte.

Danach bedankten sich die Lehrer überschwänglich bei den Elternvertretern, dass sie dieses Schuljahr über so tolle Arbeit geleistet hatten, dass sie zum Beispiel alle Feste, „Tage der offenen Tür" und ähnliche Aktionen, für die bei anderen Schulen die Lehrer sorgten, vorbereitet hatten und die Arbeitseinsätze organisiert und sich darum gekümmert hatten, dass die Schule neu gestrichen wird und so weiter. Am Schluss bekam jeder Elternvertreter ein Geschenk, welches aller Wahrscheinlichkeit nach Herr Stavning zusammengebastelt hatte, als Ausdruck des Dankes überreicht.

Die Feier ging mit einem Lied, das alle gemeinsam singen sollten, zu Ende. Und mit ihr ein ganzes Schuljahr. Bis auf einen Schultag.

Gut, Schultag kann man das morgen nicht mehr nennen. Frühstück, Diaschau, Zeugnisse, Klassenzimmer aufräumen – und danach: Sommerferien!

Dienstag, 30. Juli

Was am letzten Schultag geschieht

Mit was für einer Geschwindigkeit doch ein ganzes Schuljahr vergehen kann! Heute war der letzte Schultag vor den Sommerferien. Nur vier Schulstunden hatten wir noch in dem alten Gemäuer zu verbringen. Vier Schulstunden und danach sechs Wochen Ferien.

Und dann? Dann geht der ganze Zirkus wieder von vorne los…

Aber so weit waren wir zum Glück noch nicht.

Um acht Uhr saßen wir heute alle, ausnahmsweise mal pünktlich im Klassenzimmer der fünften und sechsten Klasse, um zum letzten Mal in diesem Schuljahr der Andacht beizuwohnen. Alle waren da: Ben, Andreas, Sara, Leander, Sascha und Felix. Priscilla und Jaqueline fläzten sich ganz hinten im Klassenraum in der Ecke. James, Kevin und Vincent saßen ihnen gegenüber und versuchten sie abzulenken. Herr Kaiser saß mit seiner Gitarre in einer Ecke und sang, wie jeden Morgen dieses Schuljahres, beinahe allein. Herr Wolf und Herr Bruchsaal saßen auf Stühlen mitten unter den Schülern und unterstützten ihn mit ihren Gesangsstimmen.

Es war ein sehr vertrautes und sehr friedliches Bild. Aber das Bedeutendste daran war: Dieser Anblick bot sich uns allen zum letzten Mal für sechs lange, freie Wochen. Gut, die Schweden, die Rumänen und fast alle anderen europäischen Länder haben drei Monate Ferien, was natürlich viel reizvoller ist als unsere lächerlichen sechs Wochen, aber auch über die bin ich schon sehr froh.

Nach der Andacht stürmten die Schüler der Hiob-Schule das Frühstücksbuffet, das die Lehrer während der letzten zehn Minuten gerichtet hatten.

Unser Klassenfrühstück war sehr unterhaltsam.

Sascha hatte sich seinen Teller voller geladen als jeder andere und verlor daher die Hälfte seines Frühstückes auf dem Weg vom Buffet ins Klassenzimmer. Wir waren während des ganzen Frühstücks ohne Aufsicht. Herr Wolf stand vorne am Buffet und achtete darauf, dass sich nicht wieder ein Grundschüler überfraß, so wie vor Weihnachten, und die anderen Lehrer waren zum Glück mit ihren eigenen Klassen beschäftigt. So hatten wir es unbeaufsichtigt sehr lustig – Allerdings unter dem Siegel der Verschwiegenheit: Sascha sagte, wenn ich nur ein Wort über seine Festrede schrieb, dann würde er mir den Hals umdrehen und Leander bat mich, nichts von seinem Fauxpas mit Sara und dem Orangensaft zu schreiben – Also werde ich es unterlassen...

Vier Schulstunden gehen unglaublich schnell vorbei!

Nach dem Frühstück wurden wir von Frau Meyer alle zusammen wieder ins 5/6er Klassenzimmer gerufen, wo uns die Zeugnisse überreicht wurden und wir den Diarückblick auf das Schuljahr, den Herr Bruchsaal zusammengestellt hatte, anschauten.

Bei den ganzen Bildern wurden viele Erinnerungen wach: Frau Meyers Geburtstagsfeier im Oktober, die Baptistengemeinde in München, Frau Meyer und Herr Bruchsaal mit Schönheitsmaske in der Therme, das Nachtlager der Lehrer bei der Schulübernachtung, die Musicalproben... Eine besonders schöne Aufnahme zeigte Sara genau in dem Augenblick, als der Tisch von der Bühne ins Publikum kippte. Auf einer weiteren waren Lehrer und Schüler gemeinsam am Lagerfeuer zu sehen.

Als die Diaschau vorbei war, wünschte Frau Meyer uns allen schöne Sommerferien.

Es ist ein ungeschriebenes Gesetz an der Hiob-Schule, dass jede Klasse am Ende des Schuljahrs ihr Klassenzimmer noch mal ordentlich entrümpelt und aufräumt. Darum verteilten sich erst einmal alle Schüler wieder auf ihre Zimmer.

Leander und Sascha haben große Augen gemacht, als sie ihre Zeugnisse gesehen haben und waren nun mehr als nur aufgebracht. Wenn man gut aufpasste, auf welche Lehrer die zwei schimpften, konnte man sich ungefähr ausrechnen, wo die schlechtesten Noten der beiden lagen.

Am Ende des Schuljahres das Klassenzimmer aufräumen – das ist immer sehr spannend. Es ist das einzige Mal, bei dem das Aufräumen nicht nur halbherzig geschieht, sondern wirklich alles hervorgeholt wird, egal was und von wo.

Da tauchen ab und an natürlich auch mal Relikte aus dem Schuljahr auf…

Heute fanden wir in der Lücke zwischen Tafel und Wand einundzwanzig Tafelschwämme (einen davon schimmlig) sowie die traurigen Überreste einer getackerten und gelochten Topfpflanze und Saras Füllerkappe, von welcher sie eigentlich angenommen hatte, Sascha hätte sie verschluckt.

Ben holte hinter einer Heizung Teile des verunstalteten Weihnachtsschmucks hervor und Sara entdeckte in einer der oberen Schrankschubladen einen halbvollen Kanister mit Apfelsaft, den irgendjemand wohl gegen Anfang des Schuljahrs dort vergessen hatte.

Der Apfelsaft oder besser gesagt: der Most, war schon vollständig vergoren und mit Schimmelinseln bewachsen. Sara sah sehr angewidert aus, als sie den Kanister mit spitzen Fingern herausholte und vorsichtig auf den Tisch stellte. Ben kippte eine Minute später, als gerade keiner hinsah, die ganze Brühe aus dem Fenster. Wenn es jemand vorher bemerkt hätte, hätten wir ihn sicher daran gehindert, allerdings war es schon passiert, als wir anderen dazukamen.

„Mensch Ben!", rief Felix aus und blickte mit einer Mischung aus Ekel und Schadenfreude hinunter auf das neue, schicke Cabriolet von Frau Meyer.

Sara war die erste, welche die Beherrschung verlor. Sie beugte sich nach vorne und begann hemmungslos zu lachen. Wir anderen konnten nun auch nicht mehr an uns halten und so lachte bald die ganze Klasse, Ben mit inbegriffen. Auf einmal ging die Tür auf und Herr Kaiser trat ein.

„Ich möchte bloß wissen, was es hier zu lachen gibt!", meinte er mit gespielter Strenge, zwinkerte uns dann aber zu und fragte: „Seid ihr fertig mit Aufräumen?"

Wir sahen uns im Zimmer um und nickten dann zufrieden.

„Dann ab in die Ferien mit euch", meinte Herr Kaiser, drehte sich um und verließ das Zimmer.

Meine Mitschüler stürmten die Treppe nach unten und waren im Nu in die Ferien verschwunden.

Einerseits ist es ein befriedigendes Gefühl, sie die nächsten sechs Wochen nicht dauernd um die Ohren zu haben, andererseits schon auch irgendwie schade. Da ich noch eine Kleinigkeit zu besprechen hatte, positionierte ich mich vor dem Klassenzimmer der Klasse fünf und sechs.

Ich brauchte nicht lange zu warten, denn schon nach kurzer Zeit kam Herr Kaiser heraus.

„Auf Sie habe ich gewartet!", begann ich. „Ich hab da nämlich noch eine wichtige Frage."

„Und die wäre?", erwiderte Herr Kaiser und lehnte sich in den Türrahmen.

„Warum hatte Frau Meyer letztes Jahr in München diesen Lachanfall?"

„Weißt du, manche Fragen werden nie beantwortet werden…", meinte Herr Kaiser augenzwinkernd. Er wollte scheinbar noch etwas sagen, aber er kam nicht mehr dazu.

Frau Meyer drängelte sich mit dem kompletten Sagrotan-Vorrat der Schule zwischen uns hindurch.

„Wofür brauchst du denn soviel Desinfektionsmittel, Boss?", fragte Herr Kaiser sie erstaunt.

„Mein Auto stinkt ganz abscheulich. Ich kann da unmöglich einsteigen. Es riecht, als ob eine komplette Kuhherde sich darüber übergeben hätte!", meinte Frau Meyer angeekelt und hastete weiter. Als sie außer Sichtweite war, begann ich erneut: „Was war jetzt mit dem Lachanfall?"

„Warum interessiert dich das so???" –

„Gegenfrage: Warum wollen Sie es mir partout nicht verraten? War es denn eine so schlimme Sache?" –

„Nein, eigentlich war es recht… Naja, auf jeden Fall ist es nicht für deine Ohren bestimmt. Wer weiß, was du mit diesen Infos machst – womöglich schreibst du noch ein Buch drüber!"

„Gar keine schlechte Idee, werde darüber nachdenken. Schöne Ferien Ihnen."

„Danke, dir auch!"

ENDE

Zum Schluss:

Dieses Buch ist, wie ich im Vorwort schon andeutete, hauptsächlich für meine Lehrer und Mitschüler geschrieben und gibt, natürlich in überspitzter, fiktionalisierter und abgeänderter Version, die Alltäglichkeiten an einer kleinen, christlich geprägten Privatschule wieder.

Ich möchte das Nachwort nutzen, um mich bei dieser kleinen Schule zu bedanken. Lehrer und Schüler schaffen es immer wieder, das Chaos komplett zu machen. Das kann einerseits sehr störend, andererseits sehr lustig sein (und im Nachhinein kann man über die erlebten Dinge dort Bücher schreiben).

Wenn jetzt nur noch jemand die Güte hätte, mir zu verraten, was das damals mit dem Lachanfall in München auf sich hatte...

Auch ein ganz großer Dank geht an meine Lektoren – Christa Lang und Christiane Ahnert – vielen Dank fürs Korrekturlesen und für euer Feedback!

Dieses Buchprojekt hat ganz schön viel Zeit verschlungen – 2019 habe ich angefangen und 2021 ist es erst fertig geworden (allerdings ist dies auch meiner eigenen Faulheit geschuldet...).

Doch es hat Spaß gemacht und ich versichere Ihnen, dass dieses nicht das letzte Buch war...

Ich hoffe nun, dass Sie, liebe Leser, beim Lesen des Buches auch Spaß hatten, sich bestenfalls auch an ihre eigene Schulzeit erinnert haben.

Und wenn Sie zufällig Deutschlehrer seien sollten und dieses Buch für geeignet halten, um es im Unterricht mit Ihren Schülern zu analysieren, auseinanderzunehmen, es zu zerpflücken und zu interpretieren – vergessen Sie es...

Zeitfracht Medien GmbH
Ferdinand-Jühlke-Straße 7
99095 Erfurt, Deutschland
produktsicherheit@kolibri360.de